机器之城

中篇科幻小说集

朱朱莉　著

竹和松出版社

出版：竹和松出版社 （Zhu & Song Press）
　　　Zhu & Song LLC
责编信箱：zhuandsongllc@gmail.com
封面设计：竹和松传媒
印刷发行：美国及其它地区

ISBN-13:978-1-950407-08-8
ISBN-10:1-950407-08-X

关于作者

朱朱莉，生于七十年代，科幻小说家。现居美国华盛顿地区。爱好文学，电影，传媒。中国科学院天体物理和乔治华盛顿大学工商管理双硕士，曾任国内知名教育门户网站信息发展部总经理，也曾任美国著名报业集团华盛顿邮报高级软件工程师。有多篇科幻小说发表。现为高级前端工程师。

朱朱莉的科幻作品在豆瓣得到 8.6 高分的评分。多部作品入围豆瓣科幻类征文大奖赛。每部小说均在海外华人最大门户网站文学城得到很高人次的阅读。

内容简介

《杀人机器人》：

2024 年，一个人工智能替代人类工作的时代到来。除了程序员与小说家，很大部分的工作都可以被人工智能所替换，我的心理诊所的生意也由于人工智能心理咨询师的兴起而大受影响。在如此的背景下，W 市发生了一连串的离奇死亡案件，让警方人员的调查陷入困顿。机器人杀人的谣传四起，最后的真相到底如何？

《机器人总统》：

2037 年，机器人总统管理协会的一个初级程序员午夜被杀引出一系列的事件：S 城的改造计划，铀矿开采，禁枪，委员会主席......这一系列事件越来越象一个迷宫，机器人总统则是这个迷宫的中心，计算机奇才最后能否走出这个迷宫？

《机器人保镖》：

这是作者继《杀人机器人》和《机器人总统》后的人工智能系列第三篇：探索机器人在人类社会中是个什么样的存在？机器人能不能算是人类的一员？朱莉在人生低谷中遇到了机器人保镖包子，他们一起经历了朱莉人生的起起伏伏，也经历了包子机器人生的起起伏伏，最后......

《他人地狱》：

我在十二年前，决定离开中国的工作和生活，去美国。十年后，又离开美国的工作和生活，回中国。二年后，当我已经在中国稳定下来，因为研究记忆存储，成为著名海归科学家时，没想到研究生院时的好朋友舒玫也从美国回来了......

目录

前言：一条找得到出口的路

记得从开始会识字起，我就对读书有兴趣。

最早是看绘画书，绘画下面短短几句话，有的还带拼音。即使没带拼音因为有画画，连猜带蒙总能知道在说什么意思。

有一本绘画书，忘记是从哪个邻居家翻出来的，一直记得其中一幅画以及下面的话：如果左脸被人打了，最好把右脸也伸出去给他打。小时候看当然不明所以，只是觉得荒诞可笑。画面中的神父一脸猥琐欠揍的样子。现在想来，应该是扫四旧内容。但江南乡村，与政治是很隔漠的，也无人告知其中的政治背景。

虽然那时候基本是能翻到什么就读什么，但也有一些书是不读的。比如小时候在家里的角落箱柜总能翻到一些古旧泛黄的书，竖写，繁体。自然对一个孩子来说不会有吸引力。

但总会翻到一些我爱看的。

后来想起，小时候在家里翻到的书中最奇怪的是一本海明威短篇小说集。因为父母既非读书人，文化程度也不高，不象是会出现这种书的家庭。

不过成年后来知道父亲小时候其实也是嗜书如命，经常点着油灯冒着被爷爷责骂挑灯读书才觉得于此节也不奇怪了。可能那时父亲也是能找到什么书就读什么书吧，于是得到一本海明威短篇小说集那么就不管它写的多么深奥艰涩将就且读将下去吧。

因为那书是我很小时候看的，很多内容已经不记得了。但对两篇还有印象。一篇是说一个丈夫因为老婆生孩子老生不下来一直苦苦挣扎哀嚎，结果他受不了，自杀了。另一篇记得是乞力马扎罗的雪还是什么，只记得男的好象病了，跟女的对话，说什么"这真是美丽的毁灭"，女的则回说："要不要让我们再这样毁灭一次"。当时因为这两件事一直想不明白，所以把这两篇反而记住了。

现在还是不明白为什么那个丈夫要自杀，可能是觉得自己无能为力？还是他太脆弱了？但是总算想明白"美丽的毁灭"其实说的是性事。

我就这样东一榔头西一棒子地读着。直到小学四年级起办了镇里的文化中心借书证才有了稳定的读书源。

不过，因为我从来都没想过写作，所以看书完全是凭着自己阅读的快感，个人的喜好。

比如《战争与和平》这样的作品我就一直没读。要到几年前才粗粗看了一下，而那时是因为我已经开始写作了。我不看那书的原因说起来也很可笑：以前看到托尔斯泰穿着睡袍秃着顶的照片只觉得此人其貌不扬猥琐不堪，而且还为了打猎时到底是谁打下一只鸟的事与屠格涅夫起争执，觉得这人心眼儿也太小了一点，更是不喜。因为就不愿意读他的书了。

我在小学及初中读了很多很多当年流行的武侠及言情小说。高中时因为高考的压力却读得少了很多。我读研究生时，曾想把小学初中读过的金庸小说再读一遍，却发现读不下去了。到处看到破绽及逻辑不通的地方。可能那时候是我最理性的时候，读的又是科学，所以读不得这种不合逻辑处处破绽的书了。比如阿朱完全可以不死，比如《笑傲江湖》中最初各种粉争时岳不群那时作为君子却没在里面起应起的作用等等。

直到我去年自己开始写小说，从写作者的角度再来看金庸才深深体谅他的不易及明白他远大的写作成就。因为他是一章一章写完就发表出来的，既要每节都写得好看，又要一到时候就发表章节，怎么可能把全部的逻辑都理通。如果他全部写完，再重新修改几遍然后再发表，还是有很大的可能把逻辑都理顺的。金庸其实才是网络小说写作的鼻祖。就算这样，他的小说不管从阅读的快感还是从思想性还是把当今的网络小说甩了好几条大街。

在小学及初中阶段我有很多废寝忘食读书的经验，特别是寒暑假的时候。印象最深的是经常把母亲交给我照看的在炉子上烧着的水烧干了而不知。

最爱的作家是毛姆，读过他所有有影响力的长篇及短篇。直到很久后有一天读到博尔赫斯的文章，心生空虚，隐隐觉得毛姆在我心中的地位要动摇了。不过后来我自作排解：毛姆是着眼于尘世的，博尔赫斯却是着眼于整个宇宙的才保住了毛姆在我心中的地位。

初中时写得好的作文总会被语文老师在课堂上当范文读的。初中就两个班级，是二三十个小学考上来的好学生，一百人左右。每次被读的也就三到五篇。我一般总会在这三到五篇之内，但被读的顺序却一般是在后面几名。说明不是写得最好的，但却也写得不错。要知道我从幼儿园起成绩都是全班第一名，所以这样的作文成绩对我个人来说只能算一般。

初中某年放假前，一位语文老师让把我的一篇看图作文抄一抄交给他，他说想帮我去投稿。我急于放假，忘记抄了，也没交给他，而他好象也于那个暑假调走了。后来我在中学生作文选上看到一篇类似的看图作文，我觉得在想象力方面写得都不如我好，记得我写的那篇作文叫《神笛》，现在想来那可能可以算是我最早创作的一个幻想作品了。

初中毕业前，有一场作文比赛，是与高中部在一起比的，具体记不太清楚了。结果得了全校第一名。很诧异，因为印象中作文写的最好的总不是我，而我也从没在写作方面用过功。

高中时，因为种种原因，还是在那个母校上学。语文老师谢武稼老师直接找上我，让我当语文课代表。那是我感到特别诧异的一次。一方面是因为我一直来都当学习委员，生活委员等官，就是从来没有当过语文科代表。另一个原因是我对语文课并不算喜欢，也不认为我语文成绩很突出。

而那个语文老师是我们学校的教导处主任，还是我们那个地区小有些名气的作家。虽然他写的小说我都不太喜欢，因为他写的小说一个是有浓重的乡土气息，另一个是有一些性描写。这两种都不是当时年少的我所喜欢的。

当上语文课代表，就有点压力了。至少自己语文成绩得要考好，作文也尽量要写得好。我记得有一篇周记，那个语文老师红笔一挥，一个大大的评语：写得洒脱！这个评语让我暗暗得意了一番。

随后更惊异的事发生了。那天，谢老师又找上我，说让我帮他一个忙。我心里正揣揣这是什么事儿，结果他说让我当学校浪花文学社的社长。因为他是浪花文学社的指导老师，文学社就是他一手操办起来的，在我们宁波地区也已经算是小有名气，而原社长要毕业了，所以他要提名一个新社长。

真是包办婚姻啊！也不管我喜不喜欢--其实我那时心里是不喜欢的。

其时，我已经是文学社的社员，如果不是因为我是语文课代表，我可能连文学社都不会去参加。因为我只是喜欢读书，但不喜欢创作。而读书是不用参加什么文学社的，随时借来一本书就可以读。

我稀里糊涂地成了社长。那么就意味着我也要创作一些作品，以便服众。社长虽然是行政责务，但如果不会写文章却占着社长的坑自己心里也是说不过去的吧。

某夜，因为读了一篇什么文章，心有所感，半夜三更写了一篇《生命的沉思》。第二天，交作文学社布置下来的作业稿件。

谢老师看上了那篇稿件，帮我一稿多投，结果都录用了。所以在我高中的某个阶段，这篇文章出现在《中学生优秀作文选》《语文报》以及另外别的什么什么报上。甚至在其中的某天，我上学路上，听到我们县的广播也在播那篇文章。

而各种与我探讨生命意义的同龄人的信件也纷至沓来。

我没有感到喜悦，相反，空前的感到烦恼。

因为我写完那篇文章后，发现我还是找不到生命的意义。所以我也没法与那些信件探讨生命，只有默默地收下了信件但却坚决不回复。只回复了其中的二三封，那几封纯粹只是夸我写得好的，倒是与其中的一个人保持通信一直到大学毕业。

大学期间，阴差阳错，又被抓壮丁去当诗社的主编。不过，我对写诗确实没有热爱和热情。当完主编后再没有创作过诗歌。

我也曾写过一篇小说《孤独酒店》，但才写了一个开头就写不下去了，于是就不了了之。

在研究生毕业后工作前，我曾经做过一个很离奇但记得很清晰的梦。我以为把那个梦记录下来，就是一篇小说了。于是把那个梦记录了下来，投了出去。那其间，因为无所事事，我还写过几篇散文，投在深圳的几家报纸上，都被录用了。但那篇"小说"却被退回来了，我记得编辑还很认真地写了退稿理由，好象是太荒诞不经云云。我心说："本来就是一个梦嘛。"

我还是爱看书，还是没有创作的欲望。我编辑和出版过几本非小说类书。至于写小说，却还是零记录。我的职业梦中从来没有作者或者作家这样的梦想影子。

不过这个职业梦想却在 2015 年得到了转变。

可能是以前的种子终于慢慢发芽，遇到好的时节，终于准备开花结果。

我很感谢当年帮我种下种子的那些人。让我蓦然回首，看到有一些人一直对我的那部分天份是有信心的。

现在的我觉得只有创作者的工作才是最有意义的工作，在让人疲惫劳累的现世中，他们创造了一个又一个的新世界，让我们对人生不至于厌倦。

我也愿意做这样的尝试，创造这样的新世界。

我很幸运，文学的阳光一直照耀着我。我的第一个科幻小说《杀人机器人》于 2016 年写完不久就得以在豆瓣阅读上架发表。当时豆瓣对审稿很严格，只有很少的中篇作品能得以发表，而那部科幻小说发表后读者评分一直在稳步上升，最后得到 8.6 的高分。

第一部科幻小说的成功发表给了我很大的鼓励。以至于后来又持续写了几篇有关在人工智能时代人与机器，人与城市，人与人之间关系的科幻小说：《机器人总统》《他人地狱》和《机器人保镖》。其中《机器人总统》和《他人地狱》分别入围豆瓣第四届和第五届科幻组大赛。那四部中篇科幻小说组成了这本《机器之城》。

这是一条找得到出口的路，愿你我一直都在路上。

朱朱莉

定稿于 03/24/2019

杀人机器人

一． 一个奇怪的病人

我是一个心理治疗师。

心理治疗师听起来是一个充满包容和拯救的工作，其实我的职业并不一帆风顺。我无数次地面对我的职业危机。我永远不会告诉病人的一个秘密就是：其实我自己就是一个怀有心理疾病的病人。有很多没有解开的心理阴影。

只是因为我获得了心理博士学位考取了相关证书，我就有资格来开设这个心理诊所。我就成了给别人作心理治疗的专家。

我曾经有一个病人自杀身亡。他是个高级人工智能软件开发师，四十出头，秃顶，比同龄人显得衰老。在 IGC 公司工作，做政府合同。长期受到政府部门的项目负责人高强度的工作压力和语言欺压而不敢声张。

如果他声张出去，IGC 公司只会采取一个行动，就是把他解雇。而全家四口都靠他的工资生活，靠他的医疗保险看病。

结果他抑郁了。

但即使这样，他也只敢利用 IGC 提供的医疗保险接受心理治疗而不敢辞职，不敢去找新的工作。

在人工智能的冲击下，找个高薪的全职工作变得越来越艰难。谁都不敢冒险放弃自己的职位。

心理治疗对他而言根本是无用功。他甚至不愿意吃药。我多次建议他先辞职休息一阵，他也都不接受。最后悲剧还是发生了，他自杀了。

他宁愿放弃自己的生命也不敢放弃自己的职位。

这类事例都让我对我的职业有一种很深的无力感和失败感。我觉得当病人处在乌漆墨黑的隧道里的时候，我没有能力给予他们一道光明。

我一直都怀疑我不是一个好的心理治疗师。

但我至少认为我的职业生涯是安全的，是得到保障的，不会受到人工智能的冲击。

我尤记得在 2016 年初，大家还在谈论人工智能阿尔法狗（Alpha Go）围棋机器人完胜人类，讨论人工智能能不能超越人类，替代人类工作。

那时的共识是人工智能也许会从事一些需要效率的工作，但不可能替代那些需要大量交流或需要艺术修养的领域。

心理治疗是双方交流互动的一个过程，每个案例都需要大量的独特交流，远比下一盘围棋要复杂得多。其目的是经由精通人格源起、发展、维持与改变之理论的治疗者，使用逻辑上与该理论有关的治疗方法，来改善另一方在认知，情感，或(和)行为无能或（和）功能不良带来的苦恼。

关键是大量的独特的互动交流。

要不断地由病人把特殊的信息输入给心理治疗师，心理治疗师再把治疗手段输出给病人，病人再遵循治疗师给出的信息进行改善，随后再把新的信息输入给心理治疗师。如此循环才能得到治疗目的。

心理治疗师得要有深度的学习能力，不断从病人的回馈中调整治疗方法。人工智能怎么可能达到这一点？2016 年时大家都这么认为。我也这么认为。

但在从事心理治疗事业八年后，到 2024 年的今天，我很快就发现我和大家都短视了。

从 2016 年的阿法狗到 2024 年，只有短短的几年。我第一次发现我的工作进入了一个死胡同。

2024 年，已经出现人工智能心理治疗师。

当然人工智能不光已经应用在心理治疗方面，人工智能的应用已经渗透到方方面面。

甚至在艺术方面。

我们人类一直自视甚高，以为艺术只属于人类，是最不可能由人工智能替代的。

我们都错了。

我们很快就发现人工智能创作的印象派抽象画比印象派抽象画大家们更具有想象力，更让人脑洞大开，而创作的写实画比任何一个写实画画家都来得逼真。

写诗机器人写出的诗比当代杰出的诗人写出的诗更能准

确地打动我们的情感。

2015 年，我们就已经有稻香居等初级的作诗机了。那时候写出来的诗还不能准确地打动我们的情感。乱凑诗句，前后不搭是很普遍的现象，比如第一句还在说新秋，第二句不知怎么着就说到春天去了。当然偶然也给人有出乎意料的惊喜。

记得 2016 年愚人节，我选了菩萨蛮这个词牌，用"哥哥张国荣"几个字输入稻香居作诗机，机器人就作出如下的词：

《菩萨蛮　哥哥张国荣》

会看长付狂歌醉。
与春苑外天如水。
晓色映波光。
罗屏更绮窗。

春重增胜致。
魔障包黄玉。
尽彻断人肠。
小山中宰相。

那句"魔障包黄玉"确实给了我惊艳的感觉，因为这很准确地刻划了张国荣的气质。不过也就只有这么一句而已。而我知道只是因为凑巧。

但到 2024 年，稻香居作诗机作出的诗已经超越历史上拥有最高成就和名声的诗人。因为经过更新换代，神经网络已经有更深层的学习能力和关链能力。人工智能能比人类创作出达到更多人共同指认的打动更多人情感的诗歌。

人工智能作诗机就象是站在人类历史上所有伟大的诗人们的肩膀上，并得到更进一步的提升，关链，达到更多的共同指认。一般人类的诗人怎么可能是它的对手。

其它人工智能也都是同理，它们无一不站在人类科学文化巨人们的肩膀上，并达到前所未有的新高度。

不过，这里我必须申明一下，你现在看到的故事绝对是由本人亲自写出来的，而不是人工智能写的。

因为到目前为止，人工智能还不能用来写作一篇多于三千字的小说。我们人类的骄傲还能在中长篇小说这个文艺领域得以保存。

至于短篇小说和散文，人工智能已经在开始创作了，虽然目前还比较幼稚。但谁也不知道五年后，短篇小说和散文还能否成为人类可以保留的节目。

这倒是给我一个启发：如果我的心理治疗诊所最后受人工智能的影响开不下去了，我至少还可以以写中长篇小说作为职业。

毕竟作为一个有八年从业经验的心理治疗师，我有大量的独特的故事可作素材。

不过，目前看来，我还不必转行去当小说家。

因为我的诊所有一个奇怪的病人。

只要他一直象目前一样保持这么高频率长时间的来找我看病，哪怕我只剩下他一个病人了，我的诊所都还能维持下去，我的收入还能得到保障。我对生活的要求并不高，能维持一个体面的中产生活足已。

而他看上去还有很长的时间可以活。如果不出意外，至少能活到我退休以后。因为他比我年轻，才二十九岁。

这个病人不用保险，所有费用都自掏腰包。

这不奇怪，因为有些保险公司就不提供心理咨询和治疗的费用。奇怪在于他每周都来三天。是的，不是三次，而是三天，三个八小时。我们心理治疗师一般每次只给病人半小时的就诊时间。一星期最多二次。就这样，保险公司还不一定付这笔费用，而如果要自己付的话也不是一般家庭所能承受得起的。

而且，那个病人的要求奇低。每次来，他一般只要求在我诊所的一张用来催眠的床上睡觉。

我的诊所收费并不高，挂号费 100 美元，每半小时咨询费 80 美元。就是说，那个病人每个月得从自己的腰包掏至少 16560 美元支付给我。

他无疑是个有钱人。而我待他也算公道，没有因为他是富人就多收他钱。他让我在他来就诊的那些天，可同时接受别的病人，所以他每天的挂号费我都只算他一次。

否则的话，要照以前，我的病人很多的，每天的挂号费都能收很多笔。现在由于受人工智能心理治疗师的影响，找我来看病的病人门可罗雀。但我也没有因此在他那儿多敲点竹杠，多收几次他每天的挂号费。

而且正是因为这个奇怪的病人，我的收入受人工智能心理治疗师的影响并不是很大。我的中产生活还能维持下去。

我的同行现在好些都在到处打零工来弥补收入，斯文扫地且不去说了，这个年头人类早就不知道斯文是什么了，如想知道，只能去问人工智能了。现在连零工都是那么少，一个报酬好的零工可能竟争得比以前爬藤校还惨烈。因为一般的工作都让人工智能都替代了。

我听说以前在我诊所旁边开业的同行现在正在给一家人的家里当保姆。不，准确地说，是在当人工智能保姆的监工。因为虽然人工智能保姆的服务比人类更好更任劳任怨，但毕竟还是怕出意外，特别是照顾孩子这种特别重要的事情。所以特意找了一个人来监督人工智能保姆的工作。当监工的工作很轻松，也意味着工资并不高。唯一要做的只是在发现人工智能保姆的行动有什么异常时，按一下它们的 stop 键。再按一下它们的 reset 键。然后再按一下 start 键。

由于人工智能的发展，人类倒是多出了这个很普遍的工种，即当人工智能的监工。预言家们在这一点上说得没有错：人工智能会夺走一些职位，也会创造一些职位。看，人工智能的监工这个职位不是就这么创造出来了？

还有，电工师傅现在成了象程序员一样的热门职业。"当电工"成了高校的孩子想往的职业之一。还有就是上面提到过的写中长篇小说，现在，是个地球人都在尝试写中长篇小说，这是地球人与人工智能机器人在工作竞争中处于优势的职业。以前，高尚的职业是"不是医生，就是律师"，现在，医生和律师职业都成了人工智能影响下的重灾区。目前高尚的职业已经变成："不是程序员，就是小说家"。

谁说人工智能让我们的生活更加美好？我只知道怀忧郁症焦虑症孤独症的人越来越多，然而他们却喜欢去找人工智能的治疗师治疗，因为它们更加价廉物美，态度更好，针对更准确，更能说出病人最喜欢听的话。

我可怜的同行们除了去打零工，甚至有以前很有名的心理治疗师现在在靠出卖名人病人的病情给八卦网络杂志来挣外块。比如上次曝光的八卦新闻"总统候选人的老婆怀有忧郁症多年，原因是总统候选人搞婚外恋，共有八个情妇"就是我认识的一个同行曝光给八卦网络杂志的。

然而连这样的路我都是走不通的，因为我只是一个很普通的治疗师，名人病人来找我的很少，否则我也说不定走上这条出卖病人隐私之路。跟生存比起来职业道德算个什么？大不了被注销了治疗师资格。在人工智能的影响下，心理治疗师资格还能值几个钱？

我不用象我的同行们那样转行去做那些很伤斯文的事，就是因为我有这个奇怪的病人，我的长期客户。

我是很感激他的。出于对他隐私的保护，姑且叫他 M 吧。

二．　莫名死亡的动物

春天的 W 城是赏心悦目的。

这是个四季分明的城市。樱花迎春已谢，但狗木树（dogwood）花，杜鹃花，八重樱，紫荆花等却都怒放着。

树木的叶子带着朝气蓬勃的嫩绿，催生着希望的力量。

偶然还能在 W 城见到柳丝飞舞，竹林摇曳，让我想起我江南的故乡。

当地球已经变成了地球村，世界的距离变得很小了，但故乡的情结却总还在一点一滴敲打着我的乡愁。

我停完车，慢慢走入诊所，一边想着：这将又是一个平淡而空闲的一天。

据昨天的预约，今天只有二位病人来访。这就意味着除了我的那位长期病人 M 以外，我只需要工作一个小时就可以了。

这已经算是我比较忙碌的一天。有些时候，甚至一整天连一个病人都没有。

八小时工作制实在是一点必要都没有了。早就应该改为四小时甚至更短的工作制了。反正机器人是可以二十四小时不知疲劳地工作的。

我心里嘀咕着，但还是如常九点钟就到达了诊所，然后准备五点钟下班。

人工智能影响下，我倒是多出来许多闲暇时间。

人生总是在失去的同时也会得到一些。我虽然失去了往日的病人客户，但却得到了更多的个人时间。

也不全是坏事呢。

有很多闲工夫来看八卦新闻。八卦新闻看完，就看影评，然后看科技新闻，时事新闻，社会新闻，最后才会看地区新闻，地区新闻中最后看的则是地区新闻中的社会新闻。

这样一路看下来，就能打发不少时间。就在我要结束看新闻前，一则地区社会新闻引起了我的注意。

"W城效区一个农场十多头牛莫名死亡"。

我记得我前一二星期看到过差不多的新闻。

头一次看到类似的新闻是二星期前在地区社会新闻版看到的"W城郊区农场数百只鸡大批死亡"。

鸡场的农场主山姆胖胖的，留一脸胡须，一双浑浊的眼睛，五十多岁的样子。

据山姆说，鸡平时都是很健康活泼，白天在菜地里吃菜叶，吃虫子，吃人工智能机器人喂的食物和水。晚上按时回鸡棚睡觉。

这个农场养了数千只鸡，绝大部分是母鸡，主要提供有机鸡蛋。

因为有人工智能机器人的喂养和采蛋，而且山姆也有远程监控，所以他平时很少去鸡场。

那天山姆发现监控录像有点异常：菜地上躺着数百只鸡。于是立即就回到鸡场去看了一下。

躺在菜地上的鸡已经死亡。鸡的翅膀是散乱的，象是经过挣扎。躺得横七竖八的。空气中好象淡淡地弥漫着一种带金属气的焦味。

记得记者还追问了一句："带金属气的焦味？这是什么意思？"

"就是好象金属爆炸过后的那种特殊的味道，不过很淡很淡，若有若无，可能是我鼻子出了问题。我的鼻子对花粉严重过敏，春天对我来说真的不是一个好季节。"

如果只死一二只鸡的话，农场主也不会兴师动众，报告给防疫站。但因为这次是批量的死亡。所以，很怕是得了什么传染性的病毒传染给别的鸡。

于是农场主立即报告给了防疫站。防疫站的人也很重视，很快就进行检查，但却并没查出任何病毒感染。而且其它的鸡也活得好好的，仍然很健康活泼。

这则地区社会新闻一般是不会被人关注到的。我看这个新闻是因为平时我实在太闲了，而现在全球都已经覆盖Wi-Fi，任何时候任何地点都可以方便地上网看图文，视频及3D并存的新闻。而且还因为我是一名动物保护协会成员，我对动物的新闻还是比较关心的。

但即使象我这样关心动物的人，对于那天的鸡莫名死亡事件的关注也就这样过去了。

直到一星期后看到那则"W城效区农场几十只猪死亡"新闻。

与鸡的情况类似，突然发现几十只猪死亡。而农场主也于当天报告给防疫站，检查结果并未发现有病毒传染。

然后，又过了大概一星期，也就是今天，我看到了这则新闻"W城效区一个农场十多头牛莫名死亡"。同样，这次也没检查出病毒感染。

受访的农场主是个墨西哥移民，四十多岁了。一脸憨憨的老实的表情。

他对记者说："虽然十多头牛的死亡对于我这个养了几百头牛的农场来说影响并不大，但我心里总有点不安，我做了十多年的农场主，第一次碰到这种怪事情。"

"我们农场用管理机器人时间尚短，才半年不到，就出了这种事情。我总觉得这事与农场管理机器人脱不了关系。你说机器人有没有可能做出这种事来？"

记者因此还采访了生产这家农场管理机器人公司的负责人："你认为这个农场主说的话有道理吗？你们生产的管理机器人有没有可能杀死这些牛？"

该公司负责人马上气愤地加以否决："这完全是诋毁我们公司产品的质量。我们公司的产品是完全安全的，全球十几万农场对我们产品的安全使用就是最好的明证。而且我们的产品完全是通过了人工智能安全协会的检验的。"

记者随后又采访了人工智能安全协会的会长道奇先生。会长说，如果机器人发生差错，他们协会会要求机器人立即自动把出错信息传到他们服务（server）端，每天都有大量的人工智能机器人在用大数据分析处理和研究它们的出错信息。而当天并没有来自那个农场的管理机器人的出错报告。而且通过调用当天的监控器也可看出，那些机器人当天的工作很正常，干完它们该干的任务，就进入休眠状态，直到等到新的任务来把它们激活。而且他们还特意和该公司产品技术总负责人一道检查过农场管理机器人的源代码，并没有发现源代码程序上的错误。

记者最后又回访农场主说："你会不会考虑用一个人来做农场管理机器人的监工？就象照顾孩子的保姆机器人那样的监工。这样一旦发现机器人有什么错误行为，就可以马上 reset 它的行为？"

那个农场主说："我不会再信任农场管理机器人了。我会去机器人二手市场把他们卖了。然后我自己亲自来管理农场，就象十多年来一样。现在我每天都闲着，除了不定时地盯盯远程监控器，觉得身体都快要锈掉了。我早就觉得这些人工智能不会给人类带来什么好事。"

记者在文章的最后耸人听闻地问观众："你认为那些牛是农场的管理机器人杀的吗？"

我看得莫名其妙，心情沉重。于是在诊所自言自语："太怪了，一连几起动物莫名死亡事件。"

M 罕有地表示出对我所看的新闻的关心："什么动物死亡事件？"

"效区一个农场的牛莫名其妙地死了，前一二星期也分别有农场的鸡和猪差不多的死亡事件。"

M 听我说完，若有所思地沉默不语。

我看他对动物的生死还是挺关心的，心里也蛮高兴。

至少他听到这几起动物死亡事件后表现得不象平时看上去的那么冷血，对什么都漠然。

"已经连续几次了，先是鸡，然后是猪，然是是牛，这到底是天灾还是人祸。要说天灾，没有发现任何病毒，要说人祸，谁跟动物这么过不去？"

"谁知道呢？"他冷漠应对。我早就对他的这种反应见怪不怪。

"你以前是人工智能开发高级工程师，你觉得有没有可能是农场的那些管理机器人干的？"

"你的意思是农场的人工智能机器人本来工作得好好的，突然反抗了，把本来要照看的动物给杀了？"

"对啊，电影里不是很多这样的情节吗？人工智能机器人觉醒过来，要统治地球，把地球人给消灭了。没准他们这是先拿动物开刀呢。接下来说不定目标就是我们人类了。"我充分展开了我的想象力。

"朱莉，你真的是电影看得太多了。"M的语气中充满了嘲讽。

"那些农场管理机器人可能在投入生产的时候没有经过图灵测试。"我进一步推测。

图灵测试是判断机器人是否能思考的测试，是阿兰·麦席森·图灵于1950年提出来的。

"图灵测试？"M疑惑地反问，然后爆发出一阵大笑："哈哈哈……"

M来我工作室快二个月了。三月初第一次来到我的诊所。从他第一次跨入诊所起，就被他一脸的阴郁在心里不小地震荡了一下。二个来月来，他的神情基本都在阴郁和淡漠之间。

这是第一次见到他笑。

虽然我知道这是嘲弄的笑声。但毕竟嘲笑也是人的正常情感的一种。

我是很高兴看到他的笑声的。

"如果机器人真的有象人一样的思考能力，它故意不通过图灵测试是易如反掌的事。要对付人类，不会撒谎怎么可以？"他说。

"哦，也对喔。那就是说图灵测试是一点用处都没有的？因为你不知道机器人没有通过图灵测试是真的没能通过还是故意没通过。"

"你好歹也是个心理治疗专家。人为什么活着？就是因为人有欲望，有生存和繁殖的欲望。这种欲望是附带在我们的每一个人的基因里的，是主动的，本能的。这种欲望才是让我们人类生生不息的源泉。如果我们没有了生存和繁殖的欲望，人类老早就灭亡了。而机器人的所有行为都是人写给他们的。他们的功能只是一个一个的程序模块而已，他们的任务不过是执行一行一行的源代码。而他们要执行怎样的任务，都是人写的。它们没有欲望，只有任务。如果把完成任务也算欲望的话，那么他们欲望是短暂的，是被动的，在完成任务后就结束了。他们不可能自主思考，或产生出这个要统治地球等欲望来的。"

"有道理。"我如有所悟。

"再说，他们如何维持他们的电力？没有了电的机器人，就是废铁一堆。"

"也许他们机器人最后也会分工合作，比如有专门给他们充电的机器人？也许以后的机器人全部都靠太阳能充电，就象植物的光合作用？"

"如果是这样，也是人类让他们这样。机器人的行为全靠人类约束。要是人类把他们制造成靠太阳能充电，或者用什么方式让他们永远不会停电，或者让他们的任务永远不会有完成和停止的一天，那本身也是人类自身的错误造成的。而不是机器人自主产生出来的智能。"

"难怪现在电工师傅那么吃香！看来人类没有把给机器人充电和给机器人维修的工作也交给机器人来做，算是人类一个非常明智的约束机器人的做法。"我心服口服。

不过我还是有疑惑。

"我听说现在人工智能机器人都能做到神经网络元的深度学习，模拟出人的思考过程。这样发展下去，你觉得他们会不会在智能方面全面超过人类，甚至替代人类？"

"再怎么发展，也不过只是发展电信号而已。在很多方面，人类可是更依赖于化学信号而不是电信号。"

"哈哈，也是。恋爱绝对是一个需要化学信号多于电信号的人类行为。"我终于也笑了。

看来我们人类还是远远比人工智能强大得多了。人类会化学反应，人工智能不会。人类会撒谎，人工智能不会。人类有各种欲望，人工智能没有。人类会生存繁殖，人工智能不会。
"可你觉得那几起农场事件到底是怎么回事？"我又问。

M 没再作答，神情又恢复了阴郁。

气氛有点尴尬。幸好这时有一个约定的病人进来，打破了这种冷清的尴尬。

而 M 则又一脸无趣地走进了催眠室去睡他的觉了。

虽然 M 是一个病人，但不得不承认，他对人工智能的见解非一般人可比的。

但我总去除不掉这几次农场发生的事件只是一个预演的预感，隐隐觉得接下来轮到的会是人类自己。

最近所发生的事情都有点不寻常。包括 M 来我诊所就诊这件事。

虽然一方面我高兴他给我带来了稳定的收入，另一方面，我也察觉他有很严重的心理疾病，缺少很多正常的人应有的情感。

我决定我还是要为他尽一份心理治疗师的本份。当然我也想好了，给 M 的治疗一定不要太快。要慢慢来。最好治疗个二十来年，这样我也可退休了。

主要方面当然是为我自己的收入着想，我不想很快失去这份轻易获得的稳定的收入。另一方面，也知道他的心理缺失严重，只能一步一步慢慢加以修补和纠正。

也许从对动物的关心开始是个好入口。今天他至少表现出他对动物死亡事件是关心的。而且因为这个动物死亡事件，二个来月来，他第一次说了那么多话。

我决心好好研究 M 这个案例。

三． M 这个案例

关于 M 的故事，M 只向我透露了很少的一部分。

大部分都是我从八卦新闻中获得了。

我说过 M 是个有钱人。所有的有钱人都是八卦新闻追逐的对象。

一旦当你成了有钱人，最好的最坏的琐事都会被八卦新闻挖掘出来。哪怕是最小最不为人知的往事也不会被放过。如果挖掘的材料不够令新闻记者或者读者满意的话，他们还会无中生有地编造出一些猛料出来。
所以从八卦新闻中获得的 M 的故事，我很难辩别哪些是真的，哪些是假的。我怀疑这里面有很多水分。

但 M 曾一度受八卦新闻关注这件事，则是千真万确的。

这个社会，最少量的最有钱最有权势的人构成了新闻中最大的主体。

至于芸芸众生，即使做出最出格的事来：杀人了，放火了，也只能与动物们共同分享最不受关注的社会新闻版块。

M 在暴富之前，是一个连在社会新闻版块中都不会出现的人，象我们所有沉默的大多数。聚光灯永远不会打到他的身上。

他充其量不过是这个世界的一个统计数字。就象我们大多数人。

我记得小时候，有一次看报纸，报纸上公布了全球五十大最美的女人。排名第一的是当年的玉婆伊利莎白．泰勒。

我当时心里很不服：我家对面阿香婆婆的女儿小美姐姐分明长得比伊利莎白．泰勒美多了：清新脱俗，青春逼人，哪里是伊利莎白．泰勒那种艳丽性感之可比的。

长大后我当然就明白了：这个世界的排行榜从来都不把沉默的大多数考虑在内的。

即使在人工智能发展到现在的今天，人的美貌完全可以用人工智能来打分计算。人工智能可以在一天内就处理完地球六十亿人的数据的今天，小美姐姐也绝不可能出现在全球最美女人排行榜上。

否则全球最美女人排行榜可能出来一堆谁都不认识的美人：中国的张三，越南的阮四，肯尼亚的肯雅塔五……

谁会去关心这么一份排行榜？

如果把整个世界比作一部电影，我们这些沉默的大多数连个路人甲的角色都演不上。

我们是当镜头慢慢摇动三百六十度时与阳光，建筑，风景，物件一道一闪而过美名其曰大时代的这么一种背景。是灾难片英雄片中用来充当大场面的在远景中惊惧奔跑乌泱泱人群中一个移动的黑点。是战争片中为了反映战争残酷在一扫而过俯视而下的景头中一堆静止的掉胳膊少腿的惨不可睹的尸体。

而对 M 来说，在八卦杂志报道他之前，他连这个电影的背景都充当不上。他是最隐蔽的那群人。象一个影子一样地生活在我们沉默的大多数人中间。

他是个私生子，有四分之一的中国人血统。

他的妈妈名叫玫瑰，是个中美混血儿。就象她的名字一样，长得特别漂亮。

玫瑰在十八岁时在拉斯维加斯认识了 M 的生父查里，那时她是赌场的发牌员。在赌场见到的多是有钱人，按说早不会因为对方有钱而轻易被打动，况且明明知道他已婚有家室。但却还是被他给小费时的慷慨和大方所吸引。

以为他是爱她才格外地慷慨和大方。又以为仗着年轻美貌就可以轻易地捕获他的心。于是想方设法勾引他，而他正乐意于被她勾引。

于是两人发生了关系。十九岁时生下了 M。

当然就象很多灰姑娘都注定变不成公主，玫瑰只是那个亿万富商欢场中的一个过客。

查里那时正处在事业的蒸蒸日上之际，是个地产商人。他的事业当年本来就是得到女方娘家的帮助才发展到今天。更何况作为地产商人，忠诚的丈夫形象，和睦的家庭是作为一个地产商人所必备的利器，是对事业的加分。

当然不会让一个乳臭未干的女孩子给破坏了他的事业和形象。自然一丝一毫都不愿意与玫瑰有更多的瓜葛。

自从知道玫瑰生下了 M 后，查理就绝情地断绝了与她的任何联系。

玫瑰本来就还在不成熟的年纪，又经此打击，开始自暴自弃。酗酒，暴饮暴食，吸毒。根本不管 M。

而且她觉得正是因为有了 M 才会受此羞辱，一直都隐瞒 M 的存在。M 从小就过着离众索居的生活。玫瑰的好多邻居甚至都不知道她还有这么一个儿子。

他在学校基本就是一个哑巴，安静，孤独。独自上学，独自回家。

校车上的位子即使是在最满的时候，也没人来坐在他旁边空着的座位。中午去学校的食堂吃饭，人家都是三三二二地聚在一起边吃边谈笑，而他只是茕茕无依。

上学以外的时间则是心惊胆战地安静地躲在屋里，随时担心玫瑰坏脾气的发作。

M 孤独得象一个影子。

八卦新闻记者曾试度采访他的高中同学，采访的同学好些都说："印象中确实有那么一个人，我们都在背后议论他，说他很怪。但除了很怪这一点以外，就再也想不起来什么了，因为从来都没跟他有过交往。"

也有同学还能模模糊糊记得一些："他从来都不跟我们玩，我们也不敢接近他，他身上有一股拒人千里的气息。""你们不敢接近他，是因为他很凶吗？"

"不是，恰恰相反，他非常安静，不惹事，上课从不发言。就是……他的身体语言好象在说'谁都不要碰我'"

"哦，这样的。那他学习成绩怎么样？"

"哦，这个。他理工科类其实很强的。不过因为所有课堂上所要求的二人或二人以上的合作项目或实验他都不参与，所以最后成绩 GPA 都很一般。不过他脑子其实挺好使的，听说他初中开始就自学编程，高中一毕业就找到工作了。"

"M，因为我们穷，我们被别人看不起。" M 的妈妈玫瑰反复向 M 灌输这种观念。

一方面是真的穷，另一方面是因为 M 让她想起当年没傍上个大款反而跌落至这种地步而生出对贫穷和对 M 的怨恨。

因为穷，当然不可能生活在什么好区，甚至不在一般的小区。那是一个让一般人望而却步的小区。经常听闻谁谁杀人被抓了，谁谁吸毒被关了，谁谁又参加群殴被打死了。那个小区经常听到警车的声音，一听到警车的声音就知道又有什么事发生了。

M 从小知道自己生活在最低层，但想到即使在同样生活在最低层的邻居中，他们都还是被人看不起的。那真的是再也不能更低的了。

于是他想变成一个影子。一个不存在的人。一有什么风吹草动，他就把自己关到储藏室，因为那里最黑。

越黑的地方越能让他感到安全。

当整个人被黑暗包围，他才能感觉他与整个世界隔离开来，于是心就渐渐安定下来，缩着的手脚也慢慢放松了，他就在那儿睡着了。

至此，M 的故事还是一个卖火柴的小男孩般的悲情故事。

但是，你要想在 M 的八卦新闻里不读到桃色新闻这是绝对不可想象的。

读者谁愿意在一则八卦新闻中只读到 "我为自己没有鞋穿而悲伤直到看到一个没有脚的人"这样幸灾乐祸的把没有脚的人的悲惨故事熬成鸡汤当补药喝的新闻。这种故事在社会新闻上就已经比比皆是，何苦再在八卦新闻上浪费感情和流量。

不，八卦记者自然深谙读者的这种心理。于是，M 的桃色新闻也不可避免地被报道了。

我很怀疑这则桃色新闻的真实性。曾经问过 M：

"报道上说你曾经有一个女朋友，这是真的吗？"

他本就冷淡的脸立即变了，脸色变得象是可以榨出汁来似的阴沉，眼睛中闪烁着不可捉摸的不知是悲伤还是愤恨的光。

我就不敢再问下去了。

那么姑且听听八卦新闻怎么说吧。

她是 M 在高中时的女同学。叫莉莉。浓眉大眼，看上去很甜美很开朗。

"我当然记得他，他追求过我，给我写过情书。"莉莉回忆往事，眼睛象笼上一层雾一样的东西，看上去更加美丽魅惑。

"那你们后来发展得怎么样？"

"喔，不可否认，我们有过美丽的过去，不过，后来由于种种原因还是分手了。"莉莉很遗憾地回答，微微咪起眼睛："我依然很怀念他。他那么帅又那么安静，是一个安静的美男子。"

"哦，这样啊。那么如果再给你一次机会，你还愿意回到他的身边吗？"

"愿意的。他是一个很甜蜜的人。我从一开始就知道他与众不同，终有一天一定会出人头地的。"

这时，等在一旁的好友插嘴说："我怎么记得你以前曾说 M 是癞蛤蟆想吃天鹅肉，想追求人也不看看他自己是谁……"

"你记错了，那个人不是 M。"莉莉不耐烦地打断她好友的话，很肯定地回答。

"不会记错的。因为你说被 M 这样的人追要是让人知道了就会降低你在男孩子们心中的地位和魅力。所以还因此叮嘱我绝对不要告诉别人 M 曾给你写过情书这件事。"莉莉的朋友很不客气地抢白。

"我绝对不可能说出这种话的，你在撒谎。"莉莉很不高兴。

M 后面的故事则是众所皆知的：

玫瑰在 M 刚过完十八岁生日时就因吸毒过量离世了。

M 没再上学，凭着编程技能找到了一份程序员工作。十年来一直单身。程序员收入对于一个一直保持单身的他来说算是高的。养活自己一点问题都没有。

突然，天降一笔财产。他的生父查理死了，留下五分之一的遗产给他。

查理本来是可以把这个私生子的秘密带进坟墓的。但他在死前决定任性一把。可能想着反正死也要死了，形象对他已经不再重要了。

或许回忆起他整个人生时，发现美好的记忆其实并不多。风光了一生，还不敢当年的那个女孩子曾经给过他的温存。当年的她确实是认真的，以为能得到他，自然下了一番苦心。是他辜负了她。突然对那段时光留恋起来。于是执意要求找到 M，并留下了遗嘱：M 与他的其他四个子女一样，各得一份他的遗产。

查理认了 M 这个儿子并不等于他的家人也认了。M 的出现不光分走了他们的财产，还给他们带来了耻辱。查理一生竖立的良好形象的破灭也给他们家族以后的房地产事业的发展蒙上了污尘。

多么不愿意，多么不甘心！当然是给予了各种各样的障碍，阻止，骚扰。

无奈最终还是法律取得胜利。只得让 M 卷走了五分之一的遗产。

不过还是与 M 达成了法律协议，让他永远在他们家族的世界里消失，永远不得在他们面前出现，永远不得以查理和他们家族的名义进行商业活动。

查理死前的决定不知是帮了 M 还是害了 M？

本来，他的人生虽然悲惨，但至少有一个非常单纯的目标，就是生存下去。为了这个目标，他努力成为了一个优秀的程序员，人工智能开发大军中一名优秀的工程师。

现在，突然生存目标以很豪华很梦幻的方式实现了，他的财产多得他一个人几辈子都化不完。

他也突然失去了人生的方向。

这就是他为什么要来心理治疗诊所的原因。

而可能因为我是华裔，让他想起有着二分之一中国人血统的母亲。所以在三月初的一天，他迈进了我的诊所大门。

不过关于他来我诊所的原因只是我单方面的猜测。实际上，他好象对心理治疗不抱任何希望。否则的话，他也不会一般只要求在诊所的催眠室睡觉。

也许是我的催眠室足够黑，让他想起以前在储藏室里被黑暗包围下得以安睡的感觉。

马斯洛曾提出来人的需求五层次理论：

第一层次：生理上的需要
第二层次：安全上的需要
第三层次：情感和归属的需要
第四层次：尊重的需要
第五层次：自我实现的需要

人只有在最低层次的需求得到满足时，才会去追求更高层次的需要。而这五个需求归根结底其实就是：生存和繁殖，以及更好的生存和更好的繁殖。

好些人一辈子都在最基本的欲望中纠缠：生存的欲望和繁殖的欲望。而等这二部分欲望满足后，他们就进一步追求更好的生存和更好的繁殖。

M 似乎没有繁殖的欲望。

他说他对于创造一个人出来这种事感到无比的厌恶。他不要再造出一个象自己一样的怪胎到这个世界。

而他的生存的欲望以及更好的生存的欲望都似乎已经突然间满足。

所以他不知道要怎样才能活下去。

我心里很清楚：对于 M，只要能爱上一个人或者被另一个人爱上，问题还可能得到解决。否则，他就可能成为一个难解的题。

两个相爱的人在一起，有意或无意间就会带一条新的生命来到这个世界。

接着就不用愁如何活下去了：把孩子拉扯大，提供孩子好的生活环境，教育，工作，事业，等孩子长大后又重新进入新一轮的循环。

哗，这一辈子就这么终于耗过去了。

问题是他还能不能爱上一个人或者被一个人爱上？

四． 生命有区别吗

"如何使你的宠物保持快乐和健康：1．免于饥饿和干渴，2．避免不适、不安 3．远离伤害和疾病 4．没有恐惧和痛苦 5．舒展天性…．．"一个年轻美貌的女子正在台上宣讲养宠物的种种责任。

她叫戴西。是我以前心理治疗诊所生意好的时候的全职助理，心灵手巧，工作努力。后来因为我诊所的生意越见冷清，支付不起她的工资才不得已让她走的。

那个星期日晚上是我们动物保护协会举办的"责任养宠"活动。在 W 城的 Connecticut 路上一家大酒店举办的。

我是当晚活动的主持者之一。我们这期的活动还有一个重点：就是抵制六月份的 YL 狗肉节活动。

别小看了我们这个动物保护协会的公益活动。经常会有一些名人的身影出现。

而且由于这期是关于宠物的，所以预见出现的名人会比往期更多，我们也早早地安排了更多的志愿者。
戴西是其中之一。

因为好些名人家里都养宠物，而且他们也乐于让公众看到他们对待宠物的和善的一面，这对于树立正面的公众形象大有帮助。良好的公众形象意味着更多的广告，更多的收入。所以才会让这个原本小小不起眼的公益活动名人的身影骈兴错出。

有名人的地方就有八卦记者的身影。而名人效应加上记者的报道则进一步扩大了我们协会的影响力。

我们要找他们筹款，他们也要靠活动搏宣传，所以这是个互利的公益活动。

幸亏有戴西那样的志愿者们的帮助才让我们每期活动都得以顺利地举行。

戴西离开我的诊所后，在帮几家人家做溜狗的工作。每天定时定点帮几家人的狗出去溜溜。其中有二家就是我介绍给她的。

而我正在负责征求抵制 YL 狗肉节倡议书的签名。一遍又一遍低头弯腰笑容可掬地说着："谢谢，太谢谢您了。"

"拉里，没想到你也来支持我们的活动。"一个穿着意大利名牌西装的熟悉的名人身影出现在我眼前。我马上认出来了。他是做政府合同的高科技公司 IGC 公司的 CEO，目前正在八卦新闻的风口浪尖上，因为刚刚在南亚地区买下了一个小岛。

他怎么也来了？以前从来没见他出现在我们的动物保护协会的活动中，也从来没给我们动物保护协会捐过钱。"我是陪女朋友来的。"拉里当然不可能认识我，然而猜也能猜到我是这次活动的主持者之一。所以还是很礼貌地对我微笑示意，并把一旁的女朋友介绍给我："莉莉一我的女朋友，她是一名动物保护积极人士。"

"您好。"浓眉大眼的美人甜美地向我打着招呼。她穿着黑色蕾丝半袖长裙，S 型的曲线毕露无遗。美丽的大眼睛笑起来象笼着一层雾。

好象哪里见过。

我的脑子立即进行搜索。"哦，我认识你。幸会幸会。"我脑中电光一闪，认出是八卦新闻报道过的所谓 M 高中时代的女朋友。

"啊，你认识我啊。"莉莉为第一次来参加动物保护协会活动就有人认出而兴奋。

"对对。你不是 M 高中时代的女朋友吗？"我为自己诊所居然也有一个算得上名人的病人而自豪。当然出于职业原因，我没有说 M 是我的病人。

"M？对不起，我不知道你在说什么。我想我并不认识他……" 她的脸冷了下来，一时有点不知所措。

"拉里，能采访一下你为什么对这次'责任养宠'活动感兴趣吗？"八卦记者这时见缝插针地伸过采访话筒中断了这个略显尴尬的场面。

"不好意思。"莉莉礼貌地对我点头示意了一下，重新露出甜美的笑容，把身体转向了记者。

"哦，没问题的。我是受我女朋友莉莉的影响，因为她是名动物保护积极分子……"拉里对着话筒开始宣扬起他新女友的动物保护理念来。

"动物保护积极分子。切！"我心里刻薄地想。

要做一个名人的女朋友并不是只凭年轻美貌就够了的。光靠年轻美貌或者自我标榜"因为爱情"给人听起来总避免不了傍大款的嫌疑。

说自己是"动物保护积极分子"听上去多么善良多么有爱心。附带连爱上她的那个人也变得更善良有爱心起来。

所以她说自己是动物保护积极分子是一个非常聪明的做法。而且你又不能说她不是，她又没有虐待动物的案底，再说她这不是积极地给动物保护协会捐款来了吗？

IGC 公司的 CEO 拉里以前的几任老婆不是模特就是作家，还有一位是音乐家。现在再找一个动物保护积极分子也很体面很环保啊，一点不比模特，作家，音乐家跌份儿。

总不能说他就是只图她的美貌吧—虽然事实如此。

我在心里把他们两人的想法都不怀好意地揣测了一番。

这是个多么有心计的女孩子啊！

以前受访时说，如果再给她一次机会，她还是愿意回到 M 身边。现在拉里当然比 M 还有钱。所以她就不认识 M 了。

不由为我的病人打抱不平起来。

第二天。

"来，把这份抵制 YL 狗肉节的倡议书给签了。"

M 一进入诊所，我就先发制人，把一份倡议书推到他的面前。
"为什么要签？"

"为什么？抵制这种野蛮的行为啊。人工智能发展到现在的今天，人类居然还一直做着这种野蛮的事。你不知道每年的 YL 狗肉节都有一万多只狗被杀死当人的食物吗？”

“那你怎么不抵制吃牛肉，吃羊肉，吃猪肉？全世界到处都在吃这些动物啊，你自己不是也在吃那些动物。”M 嘲讽地说。

“这不一样，牛，羊，猪都是食物啊。”说到这儿，我不安地加上一句辩白，“当然，它们的福利我们是要保护的，比如不能虐待，要人道屠宰等——这也正是我们动物保护协会在做的事。”然后我又继续：“可是狗是我们人类的朋友。人怎么可以把自己的朋友吃了呢？”

“有区别吗？牛羊猪与狗猫一样都是哺乳动物，都有相当于一二岁婴儿的智商水平，人类杀牛羊猪狗猫跟杀一二岁婴儿有什么区别？”M 轻飘飘地说出这句话，就象早就对此深思熟虑过了似的顺口。

我浑身打了一个颤抖，M 惊世骇俗的言论把我彻底地惊憾了。

人类是绝对不会去伤害一二岁的婴儿的，但人类却在任意地杀死有相当的智商的动物！

我一时张口结舌，不知该说什么。

我第一次意识到佛教中的不杀生有着多么慈悲的意义。这才是真正的生命是平等的宗教。

不象人类只着重于“人生而平等”，着眼点只在于“人”上面。最多也就把平等权扩大到作为我们人类的朋友——宠物上，比如猫和狗。

就算人类把猫和狗当作朋友，还照样有 YL 狗肉节这种野蛮的屠杀狗的行径，更不用说其它的动物了。

作为一个治疗师，我第一次被我病人的理论所打动了。

"你说得很有道理！从此以后，我决定只吃 beyond meat（超肉）。"我思索了一番，下了决心。

Beyond meat（超肉）的组成其实都是素食，不过是有着各种肉类的味道：鸡肉，牛肉，猪肉，羊肉。从 2013 年开始正式进入 whole foods（全食）市场。

到 2024 年，beyond meat（超肉）已经在市场上占有不小的份额，在素食主义者及动物福利提倡者们中间拥有挺大的市场。

Beyond meat（超肉）比起真正的肉类味道上口感上自然是比不上的，但是在仔细思考了 M 的理论后，我决定牺牲一些自己的口食爱好，避免不必要的杀生。

"也许作为一名动物保护协会的成员，我从一开始就应该这样做。"心里这样想着。

"有这个必要吗？"没想到 M 对于我对他理论的赞赏和决定采取的行动一点都不感兴趣。反而很不可思义地奇怪地看了我一眼。

"我不过是想说，抵制狗肉节这类活动根本就是扯蛋。"M 又加了一句。

然后，置我递上的抵制 YL 狗肉节活动的倡议书而不管，把我自个儿凉在那儿，自顾进催眠室关门睡觉了。

毕竟是一个病人。思想和行为难免比较矛盾。我只好这样安慰自己。

但我还是很欣慰看到他有动物与人生命的平等之心。我没有把前晚在"责任养宠"活动中碰到莉莉这件事事告诉他。不过，如果他看八卦新闻的话，他迟早会知道莉莉现在已经是拉里的新女友这件事。

五.　　家族的惨案

密室杀人？警官彼得对着现场陷入了沉思。

M 的四个同父异母兄弟：约翰，杰生，汤姆，马歇尔被发现在他们 L&F 房地产公司的会议室死亡。

死亡时间锁定在周五上午十点半到十一点之间。

他们的人工助理莉沙是在十点五十分听到会议室传来呼喊呻吟的声音，马上冲进去打开门，发现杰生倒在门的附近。其他人一个倒在椅子上，一个倒在地上，另一个坐着，身体正好靠在助理机器人身上。四个人都有挣扎的痕迹，手都捂着胸部，脸上呈现痛苦的表情。杰生被发现时还有呼吸，还能说话。他带着恐怖的表情捂着胸口，说了几声："针……针……痛……"然后就停止了呼吸。

会议室里除了机器人助理没有其它人。

每年五月的第一个星期五 L&F 公司高层都会开一次关于下半年工作计划的秘密会议，只限他们公司的四个负责人参加。因为涉及到商业机密，所以没有让其他人员参加。

一旦涉及到秘密时，人总不愿意相信自己的同类。尽管签有保密协议，谁能保证在大利益的诱惑下，员工不会把公司的商业机密透露给竟争对手？又不是没有这样的先例。

而机器人则不会做出这种出尔反尔，利益醺心的诡计。

这就是为什么是机器人助理跟他们在一起而不是人工助理莉沙。

而且因为会议涉及机密，监控录像也没有打开。

案发地点为位于十二楼的会议室，案发当时大门紧闭着。

唯一的入口是面向楼外的窗户。窗是推拉式的，分成上下二层，下面那层玻璃窗被推了上去，但纱窗仍然保持在原有的位置。熟悉 L&F 公司的人都知道，L&F 公司一向以环保节能为公司文化，五月份是不开空调的，利用透过纱窗的自然风保持通风。

如果凶手是从纱窗进来的，他必须得从人来人往的楼外飞崖走壁到达十二楼，然后打开纱窗进入会议室，在很短时间内把四个人全部杀死，然后再在很短的时间内从纱窗出去，而且还要再次把纱窗关上。

彼得对纱窗进行了仔细的检查。纱窗上散布的五六个小孔引起了他的注意。小孔并不大，并不足以让昆虫飞进来。

"这些纱窗多老了？"

"有十多年了吧。"莉沙回答。

"这上面有几个小孔，是以前就有的吗？"

"这倒是没注意。可能是以前清洁工人清洁窗户时不小心勾破的。十多年老的纱窗谁能保证没有一点小破损呢。"

凶手是怎么可能在大白天人来人往的楼外飞崖走壁进入到十二层，并在那么短的时间，杀完人再出去却没有留下任何痕迹。

现场既没留下任何指纹，也没任何做案工具。

四个人都是心脏大动脉破裂导致内出血而死。

胸前和后背都疑固着一滩不大的血迹，不会超过一美元硬币的大小。可想伤口很小。

自从查理死后，L&F 公司就全部由四兄弟来掌管。

当年查理管理公司的时候，很注重公司的形象和名声。

待他死后，一方面四兄弟发现他们的爸爸查理自己就一直隐瞒着很不光彩的污点：有私生子 M。另一方面四兄弟急于发展，扩展得过快，也结下了不少梁子。再加上调查时发现四兄弟每人都有着这样那样的一些私生活方面的不检点，所以进入警方视线的大大小小的嫌疑人也不少。

但与四兄弟都有仇的嫌疑人，最后只锁定在三个人身上。

M 被列为三个嫌疑人之一。

M 之所以被列为嫌疑对象，自然是因为他与四个同父异母兄弟有过关于查理遗产的官司。他被迫签下协议不得与查理的家族再有任何联系，不得以他生父家族的名义做任何生意。

而且据调查当时他们四兄弟不光对 M 出言不恭，还说过如此攻击 M 的妈妈玫瑰侮辱性的话：

"难道嫖客化钱去拉斯维加斯合法的妓院作正当消遣，妓女自己不小心怀孕了，嫖客还得为她的下一代负责？"

M 不能排除有报复杀人的动机。

其他二个嫌疑人，一个是 L&F 公司的竟争对手 J。

W 城正在进行大规模的旧城改造计划，很多房地产公司依附于这个庞大的政府改造项目而生存。

因为网上虚拟大学的兴起，致使一些不知名的综合大学撑不下去了。所以政府批准 W 城的二个综合性大学做用途变更，把原来的校舍宿舍全都改造成公寓。

项目竟标主要在 L&F 公司和 J 的公司之间进行。而 J 的公司明显更占上风。J 公司志在必得，押的当然也很大。

听说后来 L&F 公司用了一些不光彩的手段通过恶性竟争使 L&F 公司在竟标中胜出。J 的公司则因为竟标的失败而直接导致破产。

另一个嫌疑人则是原总统候选人 K。
K 在作总统候选宣传时，为了博得较低收入的中下产阶级的支持，攻击了许多现有的房地产政策，更是明确指出如果他当选总统要更多地保护租户的利益，为租户说话。

而 L&F 公司则在各大城市拥有大批的出租公寓出租给较低收入的中下产阶级。

L&F 公司四兄弟怕 K 如果竟选总统成功，会采取对房地产不利的措施，因而暗中提供资金支持那些反对 K 作总统候选人的团体和运动。

而最终让 K 身败名裂的则是前面提到过的我的同行一个有名的心理治疗师提供的八卦新闻：K 的老婆长年得忧郁症，就是因为他有八个情妇。而这则八卦新闻幕后出资人及操纵人就是 L&F 公司的四兄弟。

最后结果是总统候选人 K 在政坛混不下去了，而他老婆也最终与他离婚。本来很风光的政坛人物，结果因为一则丑闻变成了毫无前途可言的孤家寡人。

他们都有杀人动机。

但调查结果发现他们都有很完美的不在场证明。
M 的整个周五都呆在我们诊所。大部分时间都在我的催眠室睡觉。我就是他最好的不在场证人。而且十点半到十一点，我刚好还有另一个病人就诊，也恰恰成了 M 的另一个不在场证人。

J 当时正在与一律师见面，讨论公司破产后的后继事项。K 则在一家二十四小时通宵酒吧买醉，当时好几个酒吧的员工都对他记忆尤深，因为很少有人在上午十点到十一点就来喝酒的。

即使他们没有不在场证明，或者即使他们没有亲自动手但是指使了别的凶手动的手，凶手又以何种方式从外面人来人往的十二楼进去纱窗，然后又在很短时间完成杀人和离开呢？且整个过程如何做得如此神不知鬼不觉？

警察的调查一时陷入了困顿。

彼得警官另辟蹊径提出一个比较合理的设想解释这则密室杀人事件：一个人杀了其他三个人，然后最后一个人自杀。

可是问题是他们的死因全部一样，都是从前胸至后背穿孔内出血而死，而且现场没有发现任何凶器。如果杀人者已经准备大家都死的话，还有必要把指纹也擦掉吗？更不可思议的是，自杀的人还会把自己自杀的指纹也擦掉？

一个姓梁的华裔警官则提出了更离奇的中国传说中的"隔物取功"和"隔山打牛"的设想。即凶手可能通过一种神功不需要直接接触被害人远距离就取人性命。又提出传说中中国古代有高人可以指挥刀剑杀人，不必自己动手，杀完人还能招呼刀剑自行回到鞘中。

这些当然马上被大家认为是荒诞不经的设想而根本不予考虑。

八卦新闻记者也闻风而动，充分展开他们捕风捉影的职业素养进行了凶手大竟猜。一时间，这桩引起社会广泛注意的杀人事件谣言四起。

还有杰生死前留下的："针……针……痛……"有什么实际意思吗？

是指痛得象被针刺一样，还是确实被针刺中？

伤口确实象是被一根很粗的针从前胸穿透后背。但问题是现场并没有类似于针的器材存在的痕迹。

第一个到达现场的莉沙说，当时除了倒在地上死亡的三人和一个行将死亡的杰生，并未发现其它异常迹象。而她到达现场的时候，机器人助理正处于无事可做的休眠状态。

倒是等莉沙心神完全安定下来后，曾回想起来说，一进入会议室，其实好象在空气中闻到了一点点异味，本来以为是血腥味，而且当时也因为忙着抢救杰生和被现场惊吓而没多在意，但到后来发现四个人外出的血其实并不多时想想应该不会有这种血腥味。

但那究竟是什么气味，她又说不上来。

农场主山姆看到了这则新闻，主动打电话给警察，提供了一条线索。

前一阵，他们农场一百来只鸡莫名死亡时，他赶到农场，也曾闻到过奇怪的气味："象金属爆炸后的那种气味。当时我以为自己花粉过敏，而且气味又是淡淡的，所以并不能肯定我是否真的闻到了这种气味。但既然现在有人说她曾闻到什么气味，我想我也有义务来提供这个信息，说不定对这个案件有所帮助。"

"哦，你这样做很对。谢谢你的支持。不知你是否还能回忆起当时有没有检查鸡的前胸和后背，是否有象被针刺穿的痕迹？"

"这倒是没注意。谁会对一只死鸡检查得那么仔细？不过是只鸡而已嘛。这么说也许对做鸡的不公平，但事实上是当时防疫站的人检查完鸡没有病毒后就完事了。"

警察当然没有可能介入前阵子鸡，猪和牛们的莫名死亡事件。

动物的个别死亡归农场主管，动物的大规模死亡归防疫站管。只有人的死亡才归警察管。

我们社会的分工就是这样的。

动物的死亡只要不会传染病毒给人或动物，不会对吃它们的人造成危害就万事大吉了。

所以前阵那些死亡的鸡，猪，牛都没有人去检查它们的伤口，没有人确切知道是不是它们的死因是因为前后胸象针一样被刺穿。

倒是一个八卦小报又去采访了当时他们报社报道过的一直坚持是管理机器人杀了他的牛的墨西哥农场主。

那个憨憨的墨西哥农场主肯定地说："一定是机器人干的。错不了！我早就不相信那些机器人了。"

"人的活还是得人来干，造那么一堆机器人作什么？活都让机器干了，人还能干什么，混吃等死吗？什么提高效率减少成本，有个屁用啊？人如果在机器面前都不能得到安全感，挣再多钱又有屁用？"他意尤未尽，趁机发了一通牢骚。

"嗯。你当时有没有观察一下牛的伤口？"

"那倒是没有，反正防疫站一说没有病毒，我就马上把它们送到屠宰场去了。对我们来说，只要肉没有毒，仍然可以卖就行了。否则得浪费多少牛肉啊。哦，虽然没观察伤口，倒是有印象每只牛的身体两侧都有一小摊血。"

于是一时间，机器人杀人的谣言又喧嚣于报纸上。

机器人会不会杀人？

这个话题开始成了社会上的讨论热点。而且因为这次死亡的是人类，对社会造成的恐慌和不安是不言而喻的。

我自从鸡，猪和牛的莫名死亡事件后，本来就心里隐隐不安，很怕这事件最后会漫延到人类。但当真的看到人的死亡案件，反而觉得这起案件好象还是遵循了一般"冤有头，债有主"的杀人规则，倒是放下了一点心。

就象睡觉前一直等着另一只鞋子掉下来，在等待的过程中其实是最不安，最睡不着觉的。而等那一只鞋子真的掉下来时，而且发现掉下来的声音其实并不如想象中那么大时，反而是心安了一些。

最怕的是没有目的的杀戮，只是针对任意人类的滥杀。

没有目的的杀戮等于把每个人都置于危险中。

这才是最可怕的。

六．　肯尼亚之约

五月的第二个星期五，是个好天气。

戴西来到了我的诊所。

我说过，她曾是我我心理治疗诊所生意好的时候的全职助理。

离开诊所后，她偶然还会回来与我聊天。而且因为她还是我们动物保护协会的志愿者，所以虽然她离开了我的诊所，我们一直还是有联系的。

她现在在帮几家人家溜狗。

尽管现在在人工智能的影响下，能找到一份溜狗的工作也并非容易，但她却完全不是出于生计的需要，只是觉得这份工作有意义。

她是个富二代。从小到大一路读的都是最昂贵最有名气的私校。大学毕业于一所著名的常青藤盟校。

象玫瑰一样，她也是个混血儿。

父亲是中国南方人，大学读的是英语专业，八十年代中期随着出国热大潮出了国。凭着聪明头脑，对时势的敏感把握和双语优势把进出口生意做得风生水气，早早就挣得了头一桶金。

戴西虽然还是一个二十七岁的年轻人，但却比大多数年轻人对于职业，学位，成功等方面都看得超脱。

大部分人一辈子孜孜追求的东西在戴西他们眼中是可笑的。

他们只追随自己的内心，做自己觉得有意义的事情。

因为生来富足，反而早早就看透金钱，地位，名声以及职业。

他们心中的成功概念与一般人是完全不同的。

有时候我想，释加牟尼悉达多·乔达摩之所以成为佛陀，不是没道理的。悉达多曾是王子，拥有过世俗生活能拥有的最奢靡的一切。只有真正经历过了荣华富贵的人，才能看透荣华富贵，真正做到放下。

你连得都没有得到，又何来放下？

放下的前提是拥有。

戴西不光是我们动物保护协会的志愿者。每年的七月还会跑到肯尼亚去当志愿者支教一个月。

她也曾经怂恿我跟她一起去一趟肯尼亚。事实上，她在我诊所当助理时，几乎怂恿过每个来治疗的人去肯尼亚。她说："去非州晒晒太阳，帮助帮助那儿的人们，比什么心理治疗都有用得多了。"

当然没人听她。

也幸亏没人听她，否则我早就在喝西北风了。

她有一些象她一样富有并拥有常青藤大学文凭的同学最开始不过是去非州当当志愿者，后来甚至长年累月都留在非州，把整个身心都投入到非州的支教活动中。

"那读常青藤大学又有什么意思？父母在他们身上投资这么多，可不是打了水漂？"我曾经对那些人的想法不可思议，这样问过戴西。

"朱莉，你是不会懂的。你太老了，观念已经过时了。"她曾这样嘲笑我。知道我们足够熟悉开得起这个玩笑。

她说，他们从社会得到的太多，所以他们要回馈社会。

但她那天来，却不是为了找我聊天。

她带来了一只狗。想说服我收留它。

有时候我总觉得世界很小，通过一些莫名其妙的关系，就与某人牵扯在一起了。

听说，我们与地球上任何人最远的距离最多不过只隔了六个人。

而通过一些莫名其妙的关系，甚至还可以与某只狗牵扯在一起。
她的那只狗，原来就是 M 的生父查里家的狗，叫马丁。

戴西现在帮忙溜狗的几家人中其中一家就是查理家。多么凑巧。

这只狗最初是查理养着的，查理死后，就由查理的儿子杰生家养着。这次家族里出了这么大的惨案，自然没有心思再养狗。想把狗送到查理家附近的那个动物收容所去。
而戴西因为有经验知道那家要送去的收容所，杀狗率很高，高达 40%。

只要不是明确声称 No Kill（不杀生）的动物收容所，因为资金，场所所限，都在不同程度上杀一些动物。当然他们不叫杀，他们叫"put them to sleep（让它们睡觉）"，一种比安乐死更轻淡的叫法。有的收容所让动物睡觉率甚至高达 60%。

舍不得自己平时溜的狗送命，就自告奋勇会帮忙找到好人家。

结果就送到我这儿来了。

"朱莉，你一定要收留它。否则它就没地方去了。"

"不行，我要上班，不能帮你养狗。"

"你这算上什么班？一整天也没几个人来。这么闲有只狗作伴也不错啊。"

"那也不行，心理治疗所养一只狗算怎么回事？"我坚持已见。

"看在我帮你们动物保护协会做那么多志愿者的份上，你就收留它吧。"她硬的不成开始来软的。

我正为难地想着以什么理由拒绝时，M 进来了。

戴西一见到他，马上注意力被他吸引。

好奇地上下打量了一下 M。甜甜一笑，主动问了一声好："帅哥，你好！"

M 本来冷漠地朝着她扭过脸去，看了她一眼，却立即怔在那里，然后脸色柔和了下来。

却依然一言不发，准备脱身躲入催眠室。

"有人告诉过你吗？你长得很象电影《出租车司机》里的特拉维斯。"戴西不以为怪，反而紧追不放。

"新电影？"总算开了金口。

"才不是呢，是很早以前的电影了。1976 年拍的。你我都还没出生呢。"

"哦，我对老电影不感兴趣。"M 拔脚又要走。

"可你难道不想听听，你与《出租车司机》的特拉维斯到底有多象吗？"

"我没有好奇心。"

"喂，你看上去也就三十不到吧。怎么说话口气象八十多岁的人，对什么都没兴趣。"戴西夸张地说。

"那个男主角特拉维斯的扮演者是年轻时的罗伯特德尼罗，与你简单就象翻版一样。女主角扮演者则是朱迪福斯特，一个富家公子辛克利看了二十多遍《出租汽车司机》后爱上了朱迪，为了示爱，他效仿片中的特拉维斯的行为，前去刺杀当时的美国总统里根未遂。"为了引起 M 对《出租车司机》的兴趣，戴西开始涛涛不绝地说起那部电影的幕后花絮。

那只叫马丁的狗突然扑上来对着 M 热情地又摇尾巴又围着打转。

"马丁好象对你特别友好啊。"戴西很惊讶。

"说起来，它与 M 也是有缘份的。马丁最初是查理领养的，而 M 是查理的儿子。这么算起来马丁还是 M 的兄弟呢。"我把他们的关系津津乐道地八卦了一下。

其实我也许不应该当心理治疗师，而是更应该去当八卦小报的记者。我觉得我有当八卦记者的潜质。

就是不知道八卦小报收不收象我这么老的记者？

"喔，原来这样。"戴西说，"既然这么有缘分，你更得收留它了。"戴西还是念念不忘让我收留马丁。

"可是我要工作啊。M 就是我的长期病人。就算我同意，M 也不会同意啊。"

"长期病人？朱莉，你这么说好象存心不想治好他的病啊。"戴西责怪我。

"唉，怎么这么不小心，说漏嘴了。"我心里暗思，差点没出一头冷汗，居然把我心里的盘算说了出来。M 会怎么想呢？一时讪讪地不知怎么接口才好。

"我也没曾抱要治好的希望啊。"M 淡然地接了口。

M 难得地说了一句维护我的话，不过，听上去倒更象是讽刺。

这么说来，人家根本对我的心理治疗水平不看好啰？我不知该怎么接口。

"要我说，心理治疗师根本就是没什么用的。我并不认为朱莉这么多年来真正治好过谁。当然这并不是朱莉能力不行，实际上，是整个行业都是如此。人工智能心理治疗师则更可笑，因为它是整个可笑的心理治疗师行业的集大成者。"

M打击的不过是我一个人，戴西打击的则是整个行业，还顺便把人工智能心理治疗师也贬了一番。

戴西把整个行业作了一个否定后，继续说："如果你真想治好病的话，就得用我的办法。我的办法最管用。就是跟着我去肯尼亚做几次志愿者。肯尼亚的阳光，肯尼亚小孩的笑脸，那儿自由的野生动物世界，还有做为志愿者的成就感比一切心理治疗师都管用。"

"戴西，你又在向我的病人贩卖肯尼亚了。"我连忙上前阻止。

看来，戴西唯一继承她爸爸做进出口生意的地方，就是试图把我的病人都出口到肯尼亚。

"而且，你知道吗？肯尼亚就在赤道上，赤道正好横贯肯尼亚中部。心理病人最需要的就是肯尼亚赤道上的阳光，而不是治疗师。"戴西一说到肯尼亚就停不下来。

"我更习惯黑暗，不喜欢阳光。赤道的阳光对我来说太亮了。"M说。

"那是因为你从来没有到过象肯尼亚那些充满赤道阳光的地方。你没有比较过，怎么就那么肯定你不喜欢阳光。只有黑暗和阳光都经历过的人，才能做出选择。"戴西说话从来都是这么直接，不转弯抹角。

但不得不承认，她的话是对的。

我小时候生活在中国的一个江南小镇，冬天是没有暖气的。一到冬天，屋里屋外一样湿冷，双手总长满冻疮。但自懂事起就对那儿的冬天习以为常，从来没有想过改变。因为一直生活在那儿，以为冬天本来就应该是这样子的。直到后来去北方上学，才明白原来冬天屋里是可以有暖气，可以很舒服。

对一生只生活在一口井中的蛙来说，海洋是不可思议的。而对只活一个夏季的夏虫来说，冰则是一件天方夜谈的事。所以中国有句古语："井蛙不可语于海，夏虫不可语于冰"。

"那你经历过黑暗吗？你没有经历过黑暗，怎么就知道阳光更好？"M 挑衅地说。

"哦，这倒也是……"戴西略略低吟，"但是，人是有常识的，不是吗？再说，如果你真的那么喜欢黑暗，你也不会来朱莉的诊所对吧？"戴西马上狡辩。
"他在我诊所绝大部分时间都是在黑暗的催眠室睡觉。"我揭发。

我说这话的内心其实是为自己作开脱：别怪我没想治好他，实际上还是他自身的原因。一个一心不想被治好的人，神仙都救不了。

"你这样，更应该去肯尼亚的赤道走走。"戴西不贩卖出肯尼亚决不罢休。"这样吧，七月份我会去肯尼亚做志愿者，你跟我一起去吧。我保证回来的你将是一个不一样的你。你回来后肯定再也不可忍受催眠室的黑暗了。"

M 没有吱声。

"沉默就表示默认。那就这么约定了。七月份，肯尼亚！"戴西自说自话就把此事定下来了。

"没准我们顺便拍一部比《走出非州》更好看的电影，就叫《走进非州》吧？"戴西说完被自己的想法逗乐了，开始咯咯地笑起来。

我心里期待 M 象我的其他病人一样对戴西贩卖的肯尼亚进行否定。却，失望了。

M 既没答应，但，也没否定。

戴西有很多人追，但她至今都未看上一个人。还没有一个固定的男朋友。

戴西的爱得到得太容易，有太多人爱她，结果反而不知道选择和珍惜。

要找一个与众不同的。戴西曾这么告诉我。

M 会是她眼中的那个与众不同的人吗？

这时，这个叫马丁的狗开始觉得自己备受冷落。开始在三个人中间轮流着撒欢求关注。

戴西这才想起她来诊所真正的原因。又来求我把它领养。

"这样吧，我知道这附近有一家不杀生动物守留所，我们把马丁送到那儿去问问吧。"

"好吧，那我们去那儿试试，看他们还有没有位置接受它。"戴西只好无奈地答应了。

"你跟我们一起去吗？"我招呼 M。

根据前一天的预约，今天将没有别的病人到来。

"我想留在这儿。"M 没有一点想跟我们一起去的意思。

"走吧，特拉维斯。"戴西却不由分说，一把拉过 M 就往外走。

七． 又一起凶杀案

由我开车，带他们去那个 No Kill Animal Shelter（不杀生动物收容所）。

戴西和 M 坐在车后。

那条叫马丁的狗也站在后座，好象知道此程将决定它的去处，变得很安静很乖巧。

从后视镜中可见 M 非常拘谨，身子显得很僵硬。可能极少跟一个妙龄的女孩子坐在一起吧。

一路上在轻快的背景音乐中，听着戴西讲她沉醉的肯尼亚赤道。

她讲到肯尼亚的树顶旅馆。那座旅馆建在树顶上，人们可以一边品尝咖啡，一边观看野生动物。

她讲到他们支教的小学，学生连糖都不知道怎么剥开。因为她带去的糖与他们吃过的糖的包装纸不一样。但他们每天都过得很开心，脸上都是纯真的笑容。每天去教书的那段路上，一路都能听到孩子们此起彼伏地跟她开心地打招呼声："你好！"

她讲到贯穿肯尼亚的赤道，地球距离太阳最近的地方，孤独的刺槐树斜斜地立在草原上，灌木和稀稀疏疏的树木懒懒地散在公路两侧，牛羊和当地的居民一起悠闲地在屋前晒太阳。

她讲到她与伙伴们在赤道上拍照留念驶车离开时后轮陷进坑里，晒太阳的肯尼亚居民以及附近玩耍的小孩，自发地围了上来，什么也不说，就帮着推起车来。推完了她以为会有人向他们要钱，结果他们只是露出雪白的牙齿，展露满脸灿烂的笑容，跟他们说 goodbye。

她还说，去年七月，她在赤道上种下了几颗向日葵，听说向日葵强壮容易生长，在任何地方都能生根发芽开花。也不知道那几颗向日葵后来开花了没有？也不知道在赤道上的向日葵是怎样朝向太阳的？今年一定要再去看看那些向日葵。

……

M 却是一路沉默，什么也没说。

马路两边车流不息。树叶还未老，春花还正盛，阳光曦暖，正是一年中最好的时候。这才想起，离母亲节只有二天了。

母亲节设在一年中最好的时光自有它的深意。

时近中午。大家有的要找餐馆吃午饭，有的利用中午时间买点礼物，办点事情。交通彼显繁忙。

车至半途。

戴西突然叫了一声："一只虫子！"

我从后视镜看了看，看到她正拿着一只纸杯罩在车窗上。

"我来开窗吧，这样它就可以飞出去。"我以为是飞蛾之类。

"不要开窗，是蜘蛛。"戴西马上阻止了我。

然后她就用一手护着这个纸杯，侧着身子朝向车窗，纸杯下面则罩着一只蜘蛛。

后半程她一直手护着那个纸杯保持着侧坐的姿势。

直到车子停到动物收容所的停车场，戴西这才把蜘蛛在停车场边上的树枝上释放。

"快跑，笨蛋。"一边驱赶着它，一边说，"你现在自由了。"

这时，我看到 M 正站在戴西后面看着她，眼神里充满了困惑。

"不过是一只蜘蛛而已不是吗？"M 终于开口问了一声，声音是迷惑的。

"嗯，也是一条生命啊。"戴西不经意地回答。

M深深地看了戴西的后背一眼，眼睛里闪烁着捉摸不透的光。象掀起了巨澜的海洋，深不可测，莫名所以。

那一刻，他象极《出租车司机》里说经典台词："You talking to me?"（你是在和我说话吗？）时的男主角特拉维斯。

"要是早认识你就好了。"M说这句话时心情似乎很郑重又似乎很沉重。

"现在认识也不迟啊。"戴西不以为然。

"太晚了。"

"好饭不怕晚。"我安慰M，而M却似乎依然心事重重。

中午的动物收容所也不闲着。
好多人趁着午间的空闲来处理自家动物的收容大事。

排在我们前面的有四五个人，有的牵着狗，有的带着猫。

猫与狗都表现出一定程度的不安。好象知道这是决定它们命运的关键时刻。

如果能被这家收容所收容，至少意味着能生存下来。

接待我们的是一个五十多岁身材庞大的非裔妇女，有一个很壮观的肚子。

戴西负责与她交谈。

而我与 M 则分别站在她背后左右侧的位置。

"有什么可以帮到您们？"非裔妇女例行公事地问道。

"它叫马丁，主人因为种种原因不能收养它了，不知你们能不能收容它。"

"对不起，我们的收容所狗的位置已经满了，不能再接受更多的狗了。要是猫就好了。"非裔妇女惋惜地说。

"不能再多接受一只狗吗？马丁平时的表现很好，虽然十岁了，可很健康聪明，性格温顺，与人很亲近。"

"真抱歉。要不，你去别的收容所试试。"

"别的收容所一般都不是 No Kill 的。十岁的狗会被认为太老了，被安乐死的概率非常大。所以才送到你们这儿来。"
"我很理解你的心情。可是我们的资金，场所都有限，没有办法接受更多的狗了。而且现在因为人工智能的冲击，失业的人很多，好多人家都放弃养狗，我们这儿已经没有办法再多收容一只狗。或许你可想想办法看有没有好人家愿意收养它。"那个非裔妇女同情地说。

在戴西与工作人员的交涉过程中，我无意中看到 M 在深深地看着戴西的背影。

当他发觉我在注意他时，他立刻假装满不在乎，避开了我的眼光。

但我相信，我看到他看戴西的眼光里有一种我以前从来没有从他眼睛那儿见过的闪亮的东西。

"心为欲种，眼为情苗。"只有爱上了一个人才会有这样的眼神，我心想。

马丁终于没能被那个收容所收留。

与去时不同，因为没有达到目的，回程时戴西不再滔滔不绝。她和 M 都似各怀心事，一路无话。

连马丁的心情看上去都很低落。

只得又把马丁送回我的诊所。

"朱莉，就让它呆在你的诊所吧。我保证会经常过来照顾它，带它出去溜的。"戴西又来央求我。

至此，我也别无选择了。

"如果 M 不反对的话，那就让它呆在诊所吧。"我无可奈何地说。

"这是你的诊所，当然由你决定。"没想到 M 很快地这样回答。

"那就是同意了！"戴西欢悦地说。

"太谢谢你们了！"扑上来不由分说就在我和 M 脸上各亲了一口。

"去去，别来这一套。"我假装一副受不了她的样子，一把推开戴西。

M 没说话，脸却红了。

这时，马丁也高兴起来，居然咿咿呀呀地开始唱起歌来。我和戴西都被它逗笑了。

戴西自认为办成了一件大事，心情大好地离开了诊所。

走前没忘记提醒 M："别忘了，七月份，肯尼亚见！"

戴西刚走不久，诊所的视频上播出的一则突发新闻引起了我的注意：莉莉被发现在餐馆吃饭时死亡。

我连忙把视频的声音打开了。平时那儿只播放着画面，保持着静音。

M 的前女友莉莉在与新男友 IGC 公司 CEO 拉里在餐馆吃午饭其间，突然死亡。

案发时间为大概中午十二点左右。

据她的男友拉里供认："吃饭期间，莉莉突然大叫一声，捂住了心脏部位，并很痛苦地挣扎。我慌忙问她'你怎么了，你怎么了？'这时餐馆在吃饭的人和工作人员也都围了上来，有的赶紧打急救电话。但救护车到来时，她就被判断已经死亡。"

"吃饭期间有什么异样？好象也没有。如果真要说有，好象眼前曾飞过一道白光，但因为我们就坐在窗边吃饭，也不肯定是不是窗的反光。对，窗户是关着的。还有在莉莉大叫的时候好象还听到噼啪一声，但由于注意力都在莉莉身上了，也没仔细分辨是否真的听到那个声音。而且随后一大堆人就都围上来，忙着救助莉莉，就不暇其它了。"

医生说，不象是心脏病突发死亡。因为心脏的血管是突然破裂，引起内脏大出血。也非心肌梗塞。

前后胸见一小摊的鲜血。可见是被什么锐利的利器从前胸穿透后背。

但现场没有发现任何凶杀工具。

自杀的可能性非常小。一个人不可能在餐馆与男友吃饭其间突然自杀，再说也没任何自杀工具。胃里也没见任何致命的药物。

基本确认是他杀。

而且据报道，受访的警察说目前只知道这件死亡事件与 M 家族的惨案非常相似。

警察还说，案件正在调查中。

莉莉的男友拉里目前正在接受警部的询问。他是目击证人，也是嫌疑人之一。

也正在调查是否有其它的嫌疑人存在。

我盘算了一下案发时间，差不多刚好就是我们到达动物收容所的时间。

我很肯定 M 一定会再次被列入警方的嫌疑名单。

因为随着警方调查的深入，他迟早会被知晓他是莉莉所谓的高中期间的男友。

更何况 M 在上次查理家族的惨案中就被列入嫌疑人之一。

而这次的案件与上次又是那么的相似。

但 M 却根本没有做案的时间。也完全不在场。他是两手空空跟着我们去动物收容所的，也不可能远程遥控什么。

我的心里疑窦重重。

但总隐隐觉得这事与 M 脱不了干系。

不由地对 M 旁敲侧击。

我说："我们中国有句话，叫做'放下屠刀，立地成佛'。佛教认为，人皆有佛性，作恶之人弃恶从善，即可成佛。即使以前做过什么坏事，如果能在当下觉悟过来，也是功德无量的一件善事。"

"如果这案子真的与你有关的话，希望你能尽早去警部自首。"

"朱莉，这事不用你管。"M 没有表情地淡漠地说。想了想，他又加了一句话："你以后会明白的。"

M 反常地提出要早走，"我要去处理一些事情。不过，我要先去理一个发，去晚了理性店就关门了。"

他为什么要去理发？我也是要到最后才明白。

八． 大屠杀

五月的第二个星期日。母亲节。

W城当处都是人群，手里拿着鲜花的人们，洋溢着笑脸的人们，拖家带口的人们。

餐馆爆满。花店人流涌动。商场熙熙融融。

上帝也奉献出了一年中最好的天气来庆祝这个特别的日子。

五月的芬芳，沁人心脾，像是一个最温柔的笑。

风和日丽。阳光明媚。空气清新。舒适宜人。湛蓝的天空看不到一丝乌云。

忽然，一阵巨大的莫名的白风穿过人群。
白光闪闪。

所过之处，却传来阵阵惨叫，手捂胸口，脸呈痛苦，几阵挣扎，就已经伏地不动。

无人得救，无人幸免。

惨白的风穿过人群，却不停止，再次扑向未倒下的人群。

如此这般。只见人群倒下一批又一批。尤如割倒的麦子。

到处都是惨叫。到处都是死亡。男女老少，无一幸免。

死亡面前人人平等。

有个恰巧留在封闭车内的人，见此情形，骇然大喘，拿起望远镜，想看个究竟。

却见那些白光其实是一架架尤如迷你无人机似的针状飞行器。穿过人的前胸又在人的后背穿出。却绝无犹疑，马上又穿透另一个目标，永不停止……

还未来得及把一个报警的电话打出去，那个车内的人也已经被一道白光穿过前胸，并从后背穿透。

那个人倒下前最后的印象就是那道白光穿过车窗离他而去。只留下他的宠物，茫然无助地在车里殷殷鸣叫着，试图叫醒它的主人，但这不过是徒劳。

没有什么封闭的空间。没有什么安全的地带。它们就象风，象空气，可以渗透任何地方。

而风继续吹。

很快那股巨大的白风变成了血风。

因为沾上太多人类的鲜血，已不复洁白的模样。

这个人类最瞩目的城市 W 城很快就变成一座死亡之城。

但风绝不停止，死亡很快就蔓延至相邻的城市。

就象野火，不可扑灭的野火，攻城略地，越烧越旺，所过之处，寸草不留。

就象几千万年前那场引起恐龙灭绝的外来天体轰击地球，岩浆汹涌喷出，超级火山爆发。

就象人类用一盆大水冲垮一窝蚂蚁窝，成千上万的蚂蚁瞬间死亡，黑涣涣的尸体遍地，而人类绝不怜惜。

不到一个月，整个六十多亿人口就将消失在这场血雨腥风中。

人间地狱。

……

人工智能安全协会的道奇会长，警察部门彼得警官，梁警官，我以及同在 M 别墅的众警察们的脑海中上演了同样的一场人间惨剧。

M 已死。

头发理成《出租车司机》里特拉维斯去刺杀总统候选人前特意理的莫西干土著的发型。

他的前胸和后背被一架他造出来的人工智能杀人机穿透而死。

成千上万架尤如迷你无人机似的金属针状杀人机器人散落在他的身边。

任务完成，杀人机器人就处于休眠状态。

一念天堂，一念地狱。

这"一念"，就是，M 把杀人机器人程序在服务端的一句 if …else…的执行语句对换了一下。

本来，他要杀的是整个人类，除了他自己。

杀人机器人用太阳能，意味着它绝不会失去能量。

杀人机器人只是客户端（client），只接受来自服务端（server）yes or no 即 1 或 0 的信号。1 就是杀，0 就是不杀。

他用服务端来操纵这个 1 和 0，和来限制客户端的行为。比如限制杀还是不杀，比如限制杀后是爆炸掉还是继续，比如限制杀什么动物，比如限制在什么条件下杀，比如限制什么时间杀，比如限制什么时候停止。

这次的任务本来就是：从母亲节中午十二点整点开始杀死除他以外的整个人类，在这个任务全部完成前，杀人机器人永远不会停止杀人。

人工智能机器人永远都是那么忠于职守，不会疲劳，不会叛变，唯一的目标就是完成任务。

但最后，因为"一念"，他把执行语句对换了一下，杀的人变成了除了其他人类以外的他自己。

于是母亲节的中午十二点整，他创造的人工智能杀人机器人，出色地完成了他给予它们的任务。

因为任务结束，所以所有机器人都处于任务结束的休眠状态。

以前发生的农场动物和人的莫名死亡案件对他而言不过都是一场场实验。试验限制的种种条件是否都能如预设一样通过：杀什么，什么时候杀，什么条件成立时才杀，怎样才算任务结束。

人工智能安全协会会长道奇先生审查完 M 写的源代码，神情变得异常严肃，他甚至一度时间疲惫地眯上了自己的眼睛。

他知道，这不算什么高深的人工智能源代码。

用到的算法和关联级别，甚至不如几年前的围棋机器人阿尔法狗复杂。

但造成的破坏却可以是如此强大。甚至是毁灭性的。

W 城的人们要到第二天的新闻才会知道，在母亲节阳光明媚的那天，充满了幸福和欢笑的那天，人类与一场世纪浩劫擦肩而过。

想到这一点，在五月清爽宜人的阳光下，我们心里泛起一阵又一阵的寒意，这是大难不死后的庆幸。

"我就知道上次命案是隔物取功，隔山打牛这类。"梁警官不识事务地喃喃自语。

彼得警官及其他警官都很不耐烦地白了他一眼。

M 有一封信留给人工智能安全协会道奇会长，他看完这封信后，沉思良久，深吸了一口气。

信中说：

"人工智能的发展最危险之处不是人工智能本身，而是人心。"

"人工智能机器人自身不会产生自主意识，这决定人工智能机器人只能是工具。”

“人工智能机器人本身没有是非对错，但人类却可以利用它来做恶。”

“我的实验只是一个小小的先例。足以成为人工智能安全开发的一个案例研究。”

“人类真是容易损坏的东西。”

“我相信这次机器人杀人是第一次但绝不会是最后一次。人工智能如果被别有用心的人利用用来做恶，真是太容易了。”

“当心人工智能被象我这样的人利用，被人类的战争狂人利用，被军队利用，被政治家们利用……”
M 为什么要做出这么大的改变？

而且即使改变了原先的杀机，M 可以选择谁都不杀的，但他为什么要选择通过自己开发的人工智能把自己杀死？

“为什么？”人工智能安全协会会长道奇先生皱着眉头很困惑地问我。

“因为爱情。”我只是很简短地回答他。

我有 M 发给我的 email，在那封 email 里，他让我联系警方和人工智能安全协会人员——这就是为什么我们都会出现在 M 的别墅。那封 email 还包括了一封他让我转给戴西的信。

信很简短：

"辛克利为了示爱朱迪，效仿《出租车司机》中的特拉维斯的行为，刺杀当时的美国总统里根。

我则是模仿他刺杀了当前人类最大的恐怖分子，我想这一定足以给你留下深刻的印象。

我所做的一切，只是为了在你的心里留下一个永不磨灭的痕迹。

我的心愿很简单，只想在你心里一个隐蔽的角落里可以找到我的位置。

七月份，你去肯尼亚的时候，请带上我的骨灰盒，把它埋在你种的向日葵下面。在地球离太阳最近的赤道上，我相信我不会再害怕寒冷。

我会永远在肯尼亚赤道上等你。"

九． 尾声

诸法因缘生，法亦因缘灭，是生灭因缘。

根据 M 发给我的 email，他的财产一半用来抵制 YL 狗肉节。一半用来资助不杀生动物收容所。

因为他的死，数以亿计的人类免于那场机器人的大屠杀。数以万计的狗每年六月免于在 YL 狗肉节成为人类的腹中之物，数以万计的动物每年不用被施以安乐死。
杀戮与拯救。

人们突然发现对于 M 生命的意义，人类很难给予评定。

新闻报道员对于 M 的报道也是心情复杂的。连八卦新闻都放弃了平时极尽下限的捕风捉影，隐隐充满着对 M 的同情和宽容的调子。

比如有一则这样的新闻：据莉莉的生前好友透露，M 写给莉莉情书一事是实，但莉莉从来都没有与 M 真正相处过。M 高中的同学也都说从来都没看到过 M 与莉莉在一起的时候。莉莉是如何拒绝 M 的成了一个永远的迷。八卦新闻的调子里隐隐倾向那一定是一种非常伤害人的拒绝。

不过最终媒体都达成一种共同的基调：死者为大。

W 城的人们对这场机器人杀人事件死亡的六个人都给予了相同的同情和包容。

人工智能安全协会重新审视了阿西莫夫的机器人三大定律：

一　机器人不得伤害人类，或因不作为使人类受到伤害。

二　除非违背第一定律，机器人必须服从人类的命令。

三　在不违背第一及第二定律情况下，机器人必须保护自己。

结果发现阿西莫夫的机器人三大定律如同图灵测试一样没有用。

阿西莫夫的机器人三大定律是基于机器人可能产生自主智能的情况，而事实上，机器人不可能产生自主智能。

三大定律不光没有用，而且只要把三大定律的第一大定律改成：机器人必须杀死人类，则就是 M 所用的杀人机器人的依据。

然而做恶的不是机器人，而是人。

这次人工智能机器人杀人事件给公众提出了尖锐的问题：

下一次机器人杀人，我们人类还能这么好运，还能逃过大屠杀吗？

不过，我对此还是持乐观的态度。

我相信命运，一切发生的都是一定会发生的。所以我对人类并不担心。

而且根据细胞全息律，人类的每个细胞都带有人类个体的全部信息。人类的基因里刻着生存和繁殖最本能的欲望。人类怎么可能这么轻易被消亡？

更何况，象 M 所言，人类很多时候依赖化学信号多与电子信号。爱情就是一种最强大的化学反应，强大到可以拯救人类。

如果人类真的灭亡，那也一定是注定会发生的事情。

我不会去为注定要发生的事担心。

况且，我只活其中的短短几十年，以后的事，就让我们的后代们去操心吧。

戴西七月份去了肯尼亚，根据 M 的嘱咐，把 M 的骨灰埋在了肯尼亚的赤道上。

她再次来到我的诊所的时候，带来了一张请柬。

是请我去参加她的婚礼的请柬。

她在肯尼亚终于遇到了那个她愿意与之共渡一生的人。

我其实并不清楚戴西有没有爱上 M，但我很清楚 M 已经成功地在她心的一角留下了他永久的位置。

M 的要求并不高。而愿意为戴西而死的人也一定并不多。

我们的人心又很大，容得下一个爱我们的人。

即使人类的爱是那么的易变，在那些易变里也一定有不变的东西。

没有 M，凭着门可罗雀的几个病人，我也没法维持我的中产生活了。

不过，人生就是这样，失去的同时总会得到一些。

这不，在空闲的心理治疗之际，我开始写起小说来了。

即使在人工智能的冲击下，中长篇小说还是人类独有的游戏。

不过我还继续着我的心理治疗师工作。虽然客户门可罗雀，但我已经明白我的工作意义所在。

如果 M 不是碰到我，而是找到人工智能心理治疗师，那么人类的这场杀戮可能就不可避免。

从某种意义上说，我也是避免了这场大杀戮的因素之一。

人工智能的智能脱离不了人类的智慧，人工智能的应对机制脱离不了人类现成的案例。但人类新出的案例却是千变万化。那些特例只有靠人类本身的智慧根据实际情况随机应变而才能得以化解。

人类的新情况千变万化，无量无边，光凭人工智能永远无法完全捕捉和解决。至少对于一个心理治疗师而言。

谁知道还会不会有另一个 M 走进我的诊所？
就在我打完上面那些文字之际，刚好，一个面带忧郁容貌焦虑神情淡漠的中年男子走进了我的诊所。

与今年初春 M 走进我诊所时何其相似。

"先生您好，有什么我可以帮到你的吗？"我马上认出他是 IGC 公司的 CEO 拉里，莉莉生前的男朋友。

记得今年初春，我也是这么对 M 说第一句话。

只不过，现在的诊所，多了一只叫马丁的狗。

马丁早已经起身摇着尾巴去迎接了对方。

朱朱莉

机器人总统

一．午夜凶杀

强生回家的时候已经是午夜一点左右了。

已是初秋，午夜时分，空气中微微有些凉意，路上零星飘落的还未来得及清扫的秋叶已经带上了秋露。

星月当空。

在星光照耀下，这座整日繁忙的 W 城终于平息了下来，露出了它最安详静谧的一面。

快到强生居住的公寓时，他给女朋友戴西打了一个电话，说就快到了。

女朋友戴西因为学的人文专业，在人工智能的影响下，竟然找不到一份稳定相像的工作。毕业即失业。与强生同居在一起，因为在经济上必须时时依靠强生，所以对强生分外温柔体贴。每晚一定要等到强生下班回到家才会一起睡觉。

强生在机器人总统管理协会工作。是最低级别的程序管理员。机器人总统管理协会的程序管理员分为十级，强生才是最初级的程序管理员。

但由于他们的工作对象是管理机器人总统贝塔的源代码，所以即使是初级的程序管理员也有相当的重要性，虽然强生只能涉及到最外围的一些程序代码。

2037 年，在人工智能大力发展的影响下，很多工作都已被机器人所替代。而需要人工的大部分的工作也都已经可以远程操作。

特别是程序员的工作，由于版本管理软件及远程开发工作环境的发展，使得程序员在家或远程工作成为非常普遍的现象。

好多原来用于做办公楼的商业地产由于办公实体场所的不再被需要，而不得不转而改造成为住宅地产。

但由于机器人总统管理协会工作的重要性，机密性和特殊性决定，使得在机器人总统管理协会工作的程序管理员们不光不能在家工作，甚至还非常例外的采用了上个世纪都已经不太流行的三班倒。二十四小时都有程序管理员在首都 W 城的机器人总统管理协会这个神秘的机构日日夜夜地工作着。

强生的公寓与机器人总统管理协会不算远。大概就一二公里的路程。

每天的工作，都是对着一个显示屏，一坐就是一整天，最大的运动就是活动十个手指头。

由于平时缺乏锻炼，细胳膊细腿，身体又一向瘦弱，加上人长得高，表情单调，一副典型书呆子的样子，看上去更是显得弱不经风。所以女朋友戴西强烈建议他每天走路上下班。

来回上下班的两趟走路几乎是他一天的运动量。

那时，即便在深夜的 W 城，还是相当的安全。

马路上，小区内，隔几十米就有蓝光系统，如果感到不安全，只需按下蓝光按钮，警察就能根据蓝光系统发送的自动附带的准确地址，在一二分钟内赶到。

甚至，有时下雨天，当强生忘带雨伞的时候，他也会按下个蓝光按钮，随便编个让他感到不安全的理由，让警车带他回家。

与女朋友戴西正聊着。

这时，只听得身后传来脚步声。不紧不慢。就象是有心要跟在强生的后面。

扭头一看，是一个西裔彪形大汉，满面胡须，穿着一件套头衫，两手插在衣服口袋里，不知是什么时候跟上来的。

电话里的女朋友戴西显然也听到了异响："什么事？"

"放心，没事的。先到这儿吧，回头见。"强生匆匆挂了手机。

下意识地按了一下手表：临晨一点二十分。

强生双眼一瞟，看到一个蓝光系统就在近旁。抢上一步，在蓝光按扭上按了一下。然后，掏出钱包，把所有现金递了上去。

"哥们，钱都在这儿了。你拿了赶快跑吧，警察一二分钟内就会赶到。"

强生出于职业的谨慎，每逢上夜班，总会记得在兜里带上点现金，以免碰到打劫的。

其实一般打劫的心里也都很怯，总是拿了现金就立马遁形。因为必须在几分钟内躲得过警察，才不会被警察抓获，所以行动一般都很迅速。

打劫在 2037 年可谓是一桩冒险活。

可总有走投无路的失业者、吸毒者、无家可归者、非法移民及各种犯罪分子，为了生存，可以为了很少的一点钱而铤而走险。

那个西裔彪型大汉分明意不在钱。

他一言不发掏出手枪，对着强生就是一顿乱射。强生立即就象一堆枯草一样无声地倒了下去。

手上的现金也象秋天的枯叶一张张飘落在地上。

最后一个飘忽进来的念头却是："戴西还不知道她将再也等不回自己回家了。"

西裔大汉正要逃跑，又马上回头把强生身上的手表，钱包，手机，以及掉在地上的现金都搜刮了去。这才身手快捷地消失在黑夜中。

这时，几辆警车的声音已经近在咫尺。

警察局长杰克当天也刚好就在附近值班，立即赶了过来。

当下，他吩咐一部分警察去追赶罪犯。而自己则与另外一部分警察留下来处理现场。

杰克看了一眼强生，这个年轻人已经被子弹扫射得体无完肤，饶是他见过很多惨烈的场面，也不免感到心生寒意。心中惋惜："这人没救了。"不过，还是很快就叫来了一辆救护车。

可惜，已经于事无补回天无力。

强生未能说出一句话就死了。

警察们根据强生的指纹很快就从警方的人工智能信息系统中调出了强生的档案，确定了强生的身份，职业，住址等相关信息。

而根据现场留下的嫌疑犯的指纹及一根带毛囊胡须的 DNA 分析却在整个警方的人工智能系统中找不到任何嫌疑犯的档案。

只能凭留下的脚印指印及 DNA 大致描绘出罪犯的身高体重性别相貌等一些生理特征。

"又是一个没有任何档案的非法移民。"杰克皱起眉头，头痛地说，"他们太猖狂了。"

二. 艾米小姐

非法移民问题，特别是西裔的非法移民问题已经是该国的一个很严重的问题。

一部分非法移民通过种种手段非法打工，抢该国公民在人工智能冲击下本已经所剩不多的蓝领阶层的饭碗。更有一部分非法移民想方设法隐瞒非法身份，吃国家的福利，并大量地生下孩子。

还有很少一部分的非法移民，在所有政府部门或机构都找不到他们的信息。他们独来独往，无证驾驶，开偷盗来的车子，平时只用现金消费，从来不留住宿地址，或者留下的住宿地址都是假的。他们常常被黑社会利用做案，做案手段心狠手辣，来去无踪无迹，是警方最发怵的对手。

机器人总统管理协会委员会主席艾米小姐因此主张要给所有的非法偷渡者以合法的身份。她认为如果让他们都拥有了合法的身份，他们就会安生下来，找个正当的职业，就不会再去犯罪。

但原住民们觉得这样一来对靠合法途径移民过来，必须苦苦等待好几年依据合法程序一步一步熬过来才能入籍的守法者们来说很不公平，而且对原住民们来说也会进一步造成他们工作的掉失。而且该政策还会吸引更多的非法移民，让该国的移民法成为一纸空文。而且，这样下去，原住民可能反而渐渐地变成该国的少数派，边缘人，因此对于把非法移民合法化的主张很不赞同。

但这也没能阻止该国越来越多的非法移民。

由于只要孩子出生在该国，就能自动拥有该国国籍，所以非法移民们大量地生育孩子，让孩子们吃国家福利，享受免费教育，然后等孩子十八岁，孩子就有权利申请把父母及亲戚合法移民过来。通过这么一个迂回的途径，就把自己的身份转变成为合法公民。

通过这么一条途径，以往大量的非法移民在这时候很多已经把身份洗白。而那一部分已经洗白了的公民及他们从出生就是公民的下一代们念着艾米小姐一直是想把非法移民合法化的倡导人，而成为了艾米小姐的铁杆支持者。从而进一步支持艾米小姐把所有非法移民变成合法身份。

这样的话，那些非法移民不必等十八年即刻就可以拥有合法身份。

不过，现在因为是机器人贝塔当总统，任何重要的议题已经不是由一个人说了算，也不是由哪个政客，或者哪个政党说了算，甚至也不是由机器人贝塔总统说了算，而是需要征求全国公民的意见，由国民投票的多数决定少数原则决定，然后才再由机器人贝塔总统来执行。

该国是全世界最早实现了由人民直接决定国家事务的国家。

他们已经不再选举代表人民意志的总统，议会，政党。他们直接就每件具体国家大事投票发表自己的意见。而机器人总统贝塔最主要的功能就是这些投票项目的发布、意见收集和决定实施者。

机器人总统贝塔有义务就所有重大的议题征求全国公民的意见。

全国公民在每个全国重要的议题上都拥有平等的一票。

最后，这个把非法移民全部变成合法公民的举措并没有在全国获得通过。虽然投赞同的票与投反对的票差得不多，但是根据少数服从多数的原则，哪怕反对的票只比赞同的票多一票也都算反对的那方胜出。

虽然这个把非法移民全部变成合法公民的议题没通过，却让艾米小姐在非法移民团体，西裔团体及人道主义团体中有了更高的声望。

艾米小姐在机器人总统管理协会委员会中也有极高的声誉，是机器人总统管理协会委员会的主席。

不过，强生却不是艾米小姐主张下招来的，而是在机器人总统管理协会委员会副主席伍德先生主张下才招收来的。

为此，伍德先生与艾米小姐之间有了更多的不和和分歧。

因为艾米小姐坚持即使招收一个机器人总统管理协会的初级程序管理员也必须由全国公民的投票以少数服从多数原则来决定。而伍德先生却认为初级程序管理员不需要经过全国公民投票决定。

伍德先生和艾米小姐原本相处得还算友好。

只是前阵在 S 城改造计划中伍德先生开始对艾米小姐产生异议，目前又对于要不要禁枪的问题上两人有很大的分歧。再加上这次招收强生作为机器人总统初级程序管理员要不要经过全国投票的意见分化，让国民们开始担心他们之间的不合有扩大的趋势。

机器人总统管理协会委员会的主席和副主席不和，对国家来说，绝对不是一件好事。

艾米小姐坚持在全国进行禁枪宣传。

而伍德先生却有不同的意见。

因为伍德先生的家族是以经营枪枝销售连锁店发家的，如果禁枪，势必极大地影响到伍德先生家族的财富，所以艾米小姐批评伍德先生是从个人的私利出发，而不管国人的安全。

但伍德先生却以全国禁枪最严的地方反而是凶杀案最多的地方为由来为自己辩护。并说，宪法从订立起就写明了人民有拥枪的自由。要禁枪等于要重修宪法，这是对国家先父们的极大的不尊重。

一般在全国公民就一具体事宜投票前，赞同方和反对方都会例行地依照自己所处的立场向国民作大力宣扬，以挣取更多己方的票数。

而对于禁枪问题的宣传中，赞同方和反对方则都分别会出现艾米小姐和伍德先生的身影。而且在各自的传布过程中不免有一些互相攻击对方的言词，让他们的分歧越来越公开化。

这次强生的死，更加激化了这两者的矛盾。

因为强生是伍德先生一手促成招来的，而现在却死在枪下。而且作案的人是没有档案的非法移民。这把伍德先生处于舆论的不利位置。

艾米小姐则发誓一定要尽快让机器人总统贝塔就要不要禁枪让全国投票，而自己一定也会大力推动以通过禁枪的决议，甚至不惜修订宪法。

机器人总统管理协会委员会主席艾米小姐通过机器人总统贝塔就强生的死通告了全国。

在通告里她深切地表达了对强生的死的痛悼，并表示要不惜一切代价抓到抢劫杀人者。

强生只是庞大的机器人总统管理协会一个新招进来不久的初级程序管理员，而且还是在伍德先生的支持下艾米小姐的反对下招进来的。

但是就算强生这么一位不足轻重的人，艾米小姐却也是给予了极大的慈悲心和同情心。

她说，"这种恶性杀人事件出现在这治安良好的首都实在是不可原谅。警察局已经下达高达二十万的赏金给提供线索的人。我们一定要争取把那个罪犯绳之以法。"

她还说："这也说明首都的治安开始恶化。枪支泛滥是其中一个重要的原因，机器人总统管理协会委员会准备让机器人总统贝塔就要不要禁枪议题尽快向全国公民征求选票。"

她希望国民在知道禁枪重要性后，到时能投出赞同一票。

最后，她发自肺腑悲痛地说："因为枪支的泛滥，强生的女朋友再也等不回男朋友回家。我不想再看到某一天，就是因为我们没有足够的行动去禁止枪支，你们中又有谁等不回你们的亲人回家。"

三．机器人总统

艾米小姐是机器人总统的维护者和推崇者。

她当年以卓越的能力和勇气，向大家大力推崇机器人总统贝塔。

她说："我们选出的总统要真正为人民的利益服务，他所做出的决定要真正体现大多数人的意见。他要真正全心全意不带一点私心地为人民的福祉而努力。"

而人性天生带着自私的基因，到总统个人的利益与大众的利益冲突时，总统很有可能为了自己的私利而出卖全国民众的利益。最民主最智慧的总统也不能完全做到让个人私利服从于大多数国民的利益。

而一个机器人总统却能避免这种私益冲突。

机器人总统因为没有个人私利，它才能真正如实地代表大多数国民的意见。它能真正让全国国民都参与到每一个国家事务中来，并以少数服从多数原则来处理国家大事。

而且，机器人总统永不疲倦，任劳任怨，二十四个小时都可以工作。

国民要做的就是推出一个机器人总统管理协会及委员会，以确保机器人总统的运行程序没有差错。确保机器人总统处理了所有全国人民关心的事务。确保大家投票的准确性。并确保全国公民就重大事件的投票实时地让国民知道。

2037 年，虽然在全世界人工智能的发展都很飞速迅猛，人工智能的工作已经替代或开始替代到各个领域，但是每个国家的总统总是恋位的，权力是最好的春药，哪怕只能留恋短短的几年，也绝不肯把总统的宝座让位给一个机器人。

该国是唯一一个让机器人做总统的国家。

而艾米小姐原本有很大希望与伍德先生在竞选总统时胜出成为该国的女总统。

那时，艾米小姐在一个政党，而伍德先生在另一个政党。他们都分别是各自政党推选出来的总统候选人。

但艾米小姐却能做到不从自己私利出发，极力主张把总统的位置让给一个机器人。

这是多么伟大的胸怀。

虽然国民中有谣言传闻：艾米小姐之所以做出这个决定，主要是因为被国际天才程序员凯奇泄密了他们政党中的邮件往来，而那些邮件显示她所在的政党操纵选票和候选人。艾米小姐是其中的得益者。艾米小姐也很可能就是这场操纵案的幕后者。艾米小姐是怕这个邮件门事件的揭露让她在那次竞选中处于不利位置，而且她也担心凯奇手里还有一些对她不利的尚未泄密出来的邮件。她是在没有把握自己能被选为总统的情况下，才推出这个机器人总统。

但是，谣言就是谣言。

首先，并没有直接证据表明艾米小姐亲自操纵了政党内的选票和候选人，现有泄露的邮件显示是她所在政党的主席做出的决定。而那个主席在事情暴露后已经畏罪自杀。艾米小姐说她根本就不知道那个主席在她背后所做的事情。

更何况，那个泄密事件中的主角，国际天才程序员凯奇，现在正在被该国作为强奸杀人嫌疑犯通缉。

而且也正是那件政党内的选票和总统候选人操纵案让她觉悟到企图推选出一个没有私欲的人来当总统代表全国人民的意志是一件多么不可能的事，从而让她成为了让机器人来当总统的坚定推动者。

不过以前由于人工智能没有那么发达，人类还没有更好的办法来代表全国人民的意见，所以选举出一个总统来代表人民也是民主进程的必有之路。但得益于人工智能的开发，让一个任劳任怨毫无私心的机器人来代表人民的意志成为了可能。

在艾米小姐以一己之力号召全国人民推出这个机器人总统贝塔后，艾米小姐也以绝大多数的选票被大家选出来成了机器人总统管理协会委员会的主席。

机器人总统管理协会委员会成员都规定不能是计算机专业毕业的，这样确保委员会与程序管理员们的职责分立。

艾米小姐是学法律出身的。现在已经六十多岁了。

由于一直未婚，所以大家都称她艾米小姐。

她的先进理念，名校法学院博士毕业的身份，她坚持总统必须实时事实地反映大多数选民的意见的理论，她的仁慈以及常带和蔼笑容的女性身份，都注定她是机器人总统管理协会委员会主席最合适的不二人选。

她当上主席后，机器人总统管理协会的员工和委员会的成员都普遍反映她工作勤奋，努力，严谨。

为了更好地工作，她甚至把家搬到了办公室。

而且，她还是一个很有礼貌很慈祥的人。

听员工说，每次她回复员工的邮件，哪怕那个员工只是处于一个微不足道的职位，在一封邮件里她都要至少说三遍"谢谢"。

自从让机器人贝塔当上总统后，国民们对国家的事务空前地关心起来。

每件国家大事都会引来绝大多数国民的投票。

而机器人总统贝塔绝对严格地按照少数服从多数的原则来执行最后国民对每一件国家大事的决定。

当然，机器人总统贝塔在投入使用前，是经过机器人总统管理协会多次的测试和运行，多次合理化的优化和改进，才最后推出的。

比如，对于每件国家事务，机器人总统管理协会委员会会就每个事件的重要性给一个从 0-10 的权重。权重高于 5 的事件，投票的过程，实况和结果都必须实时展现在国民面前。而对权重小于 5 的事件，则只需要把投票的最后结果告诉国民即可。

这样一方面确保全民能就所有国家事务投票参与，另一方面也确保重要的国家大事能得到高度的重视。

比如对于"要不要出兵中东"这种权重等于 9 的事件，每个国民都能很方便地用手机或其它任何能联接上机器人总统的多媒体进行投票，投票实况和结果都显示在机器人总统贝塔办公室一面墙壁的巨大显示屏中，国民们都能通过各种方式直接联上那个显示屏，并实况查看具体进程。

每个国民都能看到两个 Yes 和 No 的柱形此起彼伏，一会儿 Yes 的柱形高过 No 的柱形，一会儿 No 的柱形高过 Yes 的柱形。而到最终投票结果出来时，就会发现投 No 的票数以较大的优势胜过了 Yes 的票数。

于是机器人总统贝塔就以少数服从多数为原则，做出了"不出兵中东"的决定。

再比如就"中学生开学日期必须由国家来统一决定还是由各州自行决定"，这种权重等于 3 的国事，每个公民也同样可以通过手机及其它多媒体参与一人一票的投票，不过由于这个国事权重小于 5，所以投票的实况不会显示在机器人总统贝塔办公室那面墙壁的巨大显示屏上，但最终结果却会告知每一个国民。

对于那个国事，机器人总统贝塔依然依照少数服从多数的原则，做出了"由各州自行决定"的决议。

由于机器人总统贝塔对国家事务的决议完全是听从于国民的意见，所以才确保了真正意义上的民主。

国民对参政的热情空前高涨。比如对于"要不要出兵中东"等这种重要的国家大事，投票率可高达 98%甚至更高。这与以往传统几年一届的总统选举中，只有 50%左右的公民参与投票相比可以说是相差巨大。

而且不象以往，国民只能每隔几年才选举推选出一个总统，然后，国家的重要事情都要由总统及议会来决定，现在，国民可以就国家的每件大事都通过投票来决定。

机器人总统才真正地代表了国民的意志。

正是因为机器人总统对国家大事的决议，对民主的保证有着巨大的意义，所以，相应地，在机器人总统管理协会工作的重要性也相应地得到了提高。

以至于大部分招入机器人总统管理协会的员工也需要全国国民的投票，不过初级程序管理员是例外的。

这个例外是伍德先生坚持的。

他认为初级程序管理员的工作只是外围工作，不必占用全国国民的投票时间。

艾米小姐则对此却非常不赞同。她认为所有围绕机器人总统的工作无论级别如何都很重要，都必须要由全国公民来决定才行。

不过，在这个问题上，机器人总统管理协会委员会的成员则大多站在伍德先生的一边，他们认为目前由于大的议题都要由全国投票决定，连日夜二十四小时工作的机器人总统都已经不胜负荷，更不用说国民。

如果任何级别的程序管理员都必须让国民投票，反而减轻了国民对重要议题的关注度。现在国民在决定国家的事务方面的投票时间每天已经占用了一般国民平均二小时，应该到减负的时候了。

不过，委员会还是对艾米小姐对机器人总统管理协会工作持如此负责的态度给予了表扬。

但这么一个初级程序管理员强生却最终死亡了，死在非法无档案移民的枪下。

他的被害得到了艾米小姐的高度重视。

艾米小姐说："这里面很可能有什么针对机器人总统的阴谋，我们绝对不能掉以轻心。"

艾米小姐还说："我们以后要确保每个在机器人总统管理协会工作的程序管理员的安全级别都是最高的。而每个加入管理协会的人哪怕只是一个初级的程序管理员都必须由全国投票决定。"

艾米小姐的言下之意有责怪伍德先生和委员会的意思。

当初，是因为伍德先生的坚持，认为初级程序管理员没有那么重要，委员会也赞同不需通过全国投票才招了强生进来的。

现在强生的被杀刚好说明了哪怕只是招一个初级程序管理员，也必须非常慎重。

另外，就在全国就要不要禁枪双方都在做大力宣传的关头，却发生枪杀案，更说明禁枪的合理性和重要性。

不过警方对艾米小姐就这件枪杀案事件中的阴谋说彼有不同看法。

警察局长杰克强调，这很可能只是一起普通的抢劫案，没有迹象表明这个枪杀案与机器人总统的阴谋有关，因为强生身上的钱物都被抢了去。如果是阴谋，凶手只要强生的命就可以了，他不必冒险把身上钱物都抢走。因为当时，警察已经追了上来，如果凶手只是为了杀死强生，他应该会在杀完就立即逃命。

而伍德先生的心情是最复杂的，人是他坚持招来的，现在死在枪下，而他又不同意禁枪。这让他处于尴尬两难的境地。

所以他的话变得特别少，而表情却非常阴睛不定。

四． 伍德先生

伍德是机器人总统管理协会委员会副主席。

他的家族显赫荣耀，富甲一方。主要靠通过经营枪枝连锁店积累起来的财富。

按说，他根本不需要自我奋斗靠着继续从事家族的行业就可以拥有一个比别人都优渥得多的人生。

但他却是走的一条另类的路。

他是上个世纪从一所著名的医学院毕业的高才生。毕业后负责做外科手术，是有名的一把刀。

由于外科手术风险太大，动不动就被人告上法庭，后来干脆改行从政。从政不需要什么职业背景，什么人都可以从政，甚至演员都有可能当上总统。但是要从从政生涯当中脱颖而出，却非易事。

伍德的从政之路却走得非常顺利，业绩也非常显达。

本来他与艾米小姐都是各自政党的总统候选人，竞选当总统是有很大希望出线的，特别是当邮件门事件出来后。但艾米小姐却突然来了一个一百八十度转弯转而大力支持让机器人贝塔来当总统，而让他的总统梦破灭了。

他已经年过六旬，精力依然非常旺盛。只是思虑过度，脑门上的头发已经没有多少了。以前还会把头发的一遍梳向另一遍做重复利用。后来干脆剃了一个光头。反倒显得更精神一些。

伍德虽然本人不是搞计算机的，但却爱才如命，特别是爱惜计算机人才。

自从 S 城改造计划中他与艾米小姐的意见相左后，伍德就主张把凯奇这个全世界闻名的计算机奇才招进机器人总统管理协会。

结果，凯奇却因为涉及到一个强奸杀人案被通辑而逃到了邻国在该国的大使馆作政治避难。

这以后，他才主张把强生这个低级程序管理员招进来。

这儿有必要对 S 城改造计划作一下说明：

2037 年，住宅地产的发展如火如荼。

因为大家普遍都在家工作，而且虚拟学校的应运而生也导致实体学校越来越少，所以显得住宅的地位越来越重要。很多商业地产也都改成了住宅地产。

S 城本是个汽车工业制造城，城里大量汽车制造工厂，城里的居民也大都是汽车制造厂的工人和家属。

但由于人工智能机器人的替代，汽车的制造流程几乎完全已经可以由人工智能机器人来完成，只需要很少量的管理人员即可。

S 城的居民大量失业，社会很是动荡，人心也很不稳。

在这种情况下，一种不明病毒在 S 城流行，这个病毒让本来就已经很动荡不安的 S 城雪上加霜，造成 S 城的居民死伤人数惨重。

医学界的科学家们研究发现，要消除这种病毒却也不难，但是得需要把整座城市的人都撤空，然后在高空用飞机把整个城市角角落落全面喷洒一种药水，才可以彻底消灭那种病毒。

在这种情况下，机器人总统贝塔决定让 S 城市里的人们搬离 S 城。

不管 S 城的人是不是还恋着旧城，旧城却已经没有什么可留恋的地方了。一方面那儿已经没有什么就业机会，另一方面因为这个不明病毒的流行。

所以这个搬离旧城的决定不难做出。

S 城的人带着伤痕和流离的心都搬去了附近的城市或投奔亲戚朋友去了。

汽车制造工厂也被搬到城效安全偏僻税收低的地方。

但是，等整个城市搬空，病毒消灭后，艾米小姐则决定趁这个机会就已经空了的城市要让全国人民投票来决定让哪家公司重建这个城市。

把全部的汽车制造厂房拆掉重建，将大量不再需要的商业地产改成住宅地产，然后再重新出售这些地产。当然以前的居民仍然可以住回来，也可以拿着数目不小的补贴去别的城市开始新生活。

这将是一个崭新的城市。

艾米小姐说，他们将在全国范围内征求几家投标重建公司，然后在几家投标的公司里选出一家来重建 S 城。

机器人总统贝塔办公室一面墙壁的大屏幕向全国人民演示过新城市的规则图。

因为此事涉及整个城市甚至整个国家的经济走向，所以必须由全国公民来投票决定由哪家公司来重建该城市。

伍德先生认为他们最终投票选出的阿尔法公司，曾给艾米小姐成立的慈善机构投了很多的钱，所以其实是有利益冲突的。

但艾米小姐说："我们的慈善机构是向所有的团体和个人开放的，只要是合法的钱，谁都可以捐赠。 不能因为所选的阿尔法公司向我们的慈善机构捐赠过很多钱就怀疑他们的动机。因为他们是在捐赠，在做慈善，怀疑人家做慈善的动机是会让其他做好事的人心寒的。再说，最后选出哪家公司不是由我个人决定，也不是由我们的慈善机构决定，而是由全国国民投票决定的。"

但不知怎么回事，自此以后，伍德先生就极力主张把凯奇这个全世界闻名的计算机奇才招进机器人总统管理协会作高级程序管理员。

他建议让凯奇对整个机器人总统的程序和运作作一个全面的评价。

结果却因为凯奇涉及到一桩强奸杀人案被通缉而作罢。

不过，伍德先生在此后也改变了心意，只想招一个初级程序员管理员进来。

艾米小姐说因为机器人总统管理协会的每一份工作都至关重要，所以建议不管招什么人，哪怕只是招一名初级的程序管理员也必须通过全国的投票决定。

但伍德先生显然对此建议很不以为然。因为他觉得这是在浪费全国人民的时间。

最后，机器人总统管理协会委员会也通过了初级程序管理员不需全国投票的决议。

多招一个初级的员工进来，意味着高级的员工多了一个为他们分担琐碎杂务的劳动者，自己的工作负担就会减轻，所以这项招初级程序管理员不需通过全国投票的决议很受机器人总统管理协会拥护。

强生是在这种情况下来到机器人管理协会工作的。

虽然他只是一个初级程序管理员，伍德先生却对他也象对其他高级别的程序管理员们一样器重。

不过，艾米小姐显然对此很是不悦，她认为伍德先生只是为了在机器人总统管理协会中安插一个他自己的人而已，是出于他自己的私利，别有企图。

她警告伍德先生："你这么草率行事，迟早会出事的。如果出事了，你要负大部分的责任。"

没想到强生真的就这么快出事了。

五．禁枪宣传

强生被枪杀的第三天，是禁枪支持方对禁枪重要性的宣传日。

虽然伍德是禁枪的反对者，但他不知何故却也出现在了宣传现场。

大多数禁枪支持者生性和平，所以还是有不少人友好地上来打招呼："稀客，欢迎欢迎。"

当然也有不客气地开玩笑的："改变立场了？""良心发现？""来闹场子的？"等等。

却也有个别偏激分子说些不中听的话。

一个手臂刺青的女青年更是冲着他喊："你又欠下了一条

年轻人的性命！"

伍德却都不加理会。

他站在一个角落，只顾静静地喝着手中的一杯咖啡。

艾米小姐作为禁枪宣传积极分子出现在宣传大会上了。

与伍德受到的遭遇截然不同，艾米小姐则是处处受人所尊敬。

艾米小姐看到伍德也在会场时，露出了诧异的表情，不过这个表情很快就被一个围上来的年轻女孩所打扰。

年轻的女孩十六七岁的光景，穿着一件简单的 T 恤和一条牛仔裤，带着专注认真的目光对艾米说："艾米小姐，你就是我的偶像，我希望长大后也能象你那样有勇气，有爱心。"

艾米小姐马上露出她招牌的慈祥笑容："谢谢，谢谢，不敢当。我们的国家有你这样有理想有朝气的年轻人真是有福了呢。"

轮到艾米小姐讲话时，大会给予了很热烈的掌声。

艾米小姐说："在我们已经相对安全和平的环境下，公民拥有枪枝已经不再必要。虽然宪法给予我们拥枪的权利，但宪法是可以改变的。就目前的社会发展状况而言，禁枪更符合和平时期的人们需要。而且就在前天，在首都发生的机器人总统管理协会初级程序管理员强生被抢劫枪杀的惨案，也在提醒我们让我们重新审视拥有枪支的危险性。"

艾米小姐说，接下来，她将播一个禁枪宣传片。

她遥控点开一个视频。

可是视频里播出的却不是禁枪宣传片，而是强生被西裔彪形大汉枪杀的视频。

全体到会的人都色变了。

艾米小姐更是大惊失色，想停止这个视频，没想到视频却是被远程遥控着的。

遥控视频的人是伍德先生。

只见录像里的西裔彪形大汉抢杀了强生后，刚要离开，但又回过头去取了手表钱包和散落在地上的钱。

西裔彪形大汉取手表时，脸占据了整个屏幕，原来那个手表同时也是一个摄像机。

西裔彪形大汉把手机和钱包等物揣入口袋，接下去的画面就变成一片黑暗。只听见一些车声，警笛声等杂音响起。

后来就只是一些匆匆的脚步声及一些不知是什么的杂音。

再后来，却传来一个一听就是西裔口音的声音："强生已经被我干掉了。"这时，让大家惊讶万分的是，大家听到一个非常熟悉的艾米小姐的声音："有没有把他身边的财物都取回来，因为我需要的是制造一个被抢劫的现场。"

"都取回来了。"这时屏幕变得清晰，大概手表及钱包都被他从口袋里取了出来。

西裔彪形大汉的脸与艾米小姐的脸都被显示在屏幕上。

从背景的布置依稀可辩这是在艾米小姐在机器人管理协会的办公室里。

人群中有的发出阵阵不可思议的低语，有的则是一副惊愕说不出话来的表情。

特别是那个刚刚还向艾米小姐表示要向她学习的年轻女孩，更是一幅不可置信的表情。

而艾米小姐这时也失去了平时高雅的风度，在台上大声喊"不可能，不可能！"徒劳地试图把视频停止下来。

但视频怎么可能停下来。

"我已经做了你吩咐我做的两件事。接下来，是不是该是你履行承诺了。把我由一个非法移民变成一个合法移民？放心，从此以后我会保守秘密，跑到远远的偏僻的中西部去过一个平静的生活。"

"可是你这杀人的事，没法进档案啊。"视频中的艾米小姐淡淡地说了一声。

"你会帮我弄一份干净的档案的对吧？"西裔大汉满怀希望带着急切的声音说。

"当然。很干净。"艾米小姐一边说，一边掏出一支手枪，冲西裔彪形大汉开了几枪。

西裔彪形大汉立即中了一二枪，但却并未倒下。

"你太狠了！"他也掏出手枪，可是发现板不动板机。

"你枪上的板机是设了时效的。很遗憾，现在时效已经过期了。所以你也必须消失。"艾米小姐依然淡淡地说。

西裔彪形大汉不甘心地想逃跑，艾米小姐又朝他开了几枪，这才倒了下去。

艾米小姐若无其事地把还未死去但已经不能动弹的西裔彪形大汉用脚推入到身后的池子。一群鳄鱼游了上来，瞬间就把尸体撕碎吞下。

原来这是个鳄鱼池。

人群中开始有人呕吐，有人尖叫。

"没有档案才是最干净的档案。"艾米小姐看着鳄鱼吃完尸体后又沉下池中，满意地喃喃说道。

艾米小姐小心地换上另一双鞋子。

然后把手表，钱包，枪，及把脱下来的鞋子一起扔进了身边的一个粉碎机。

听到咯咯几声响起，视频中断了。

大家面面相觑，都还在惊恐中魂魄不定，一时不知该说什么才好。

这时，伍德说话了："强生好象知道要发生什么似的，在事发前就把摄像功能打开，因为工作上的联系，强生对我非常信任，所以这个录像被他设置为以实时的方式传送给我。而我直到几小时前才看到他传输给我的录像。好在看到的还不算晚，刚好可以让大家知道艾米小姐是怎样一个人，如何用险恶的手段亲自制造这件枪击事件来达到她操纵民心的企图，好让民众最后通过禁枪法令。而大家也看到艾米小姐一边说要禁枪，一边却自己拥有不少枪支。"伍德先生把头转向艾米小姐说，"那支杀死强生的枪也是你给这位无档案人士的吧，艾米小姐？而且还是你亲自设下的板机时效。"

这时大批警察出现，把艾米小姐拷了起来。

艾米小姐挣扎着对伍德先生说："你太阴险了。你别忘记，强生是你招进来的，我是怕他做对贝塔总统不利的事才这么做的。而且……你……"她没有再说下去。

伍德先生说："你是为了你的禁枪法令能通过才制造了这起谋杀案的，根本不是为了机器人总统贝塔。如果是为了机器人总统贝塔，你为什么还要刻意把此案现场制造成抢劫案现场？最阴险的人是你。"伍德停了一下，又鄙夷地说，"刚才你欲言又止，好象还有什么话要说似的。何不趁现在一一道来？这可能是你最后一次面对这么多人的演讲了。"

艾米小姐又说了一声："你……"却低下了头去，没再吭声。

六．计算机奇才

凯奇在邻国的大使馆连接到禁枪宣传现场看到了整个过程，也看了播放的视频。

以他特有的敏锐的洞察力，他在伍德播放的视频中看出了一个破绽。

凯奇是个计算机奇才。

以黑客出名。以揭密出名。

要不是那桩强奸杀人案，他本来可能会在机器人总统管理协会任高级程序管理员一职。

但那起强奸杀人案却使得他变成了一名被警察追捕的嫌疑犯。

凯奇从得知自己被当作强奸杀人案的嫌疑人的那一刻起，就跑到邻国的大使馆请求政治避难。

邻国看上他的计算机才能，觉得他有希望以后被他们国家所利用，所以接受了他的请求。

否则，他可能现在还在亡命天涯或者将面对牢狱之灾。

不过现在跟坐牢其实也差不多。

他被庇护在邻国在该国的大使馆里，足不出户。

每天所能做的活动都只能在大使馆那个房间的方寸之地

里进行。

为了让他的身体不至于发胖生锈，他每天都会绕着房间走上一千圈。

好在，作为一个黑客及计算机奇才，这么一个小小的方寸之地足以给他无限大的接触空间。

好在，那个房间有一个阳台，能让他接触一下室外的空气，喂喂飞来觅食的鸽子。

伍德播放的视频里的那个破绽很微妙。

但却逃不过凯奇鹰一样的眼睛：那个视频有一处衔接得不自然。

这个视频被做了手脚。

在"我已经做了你吩咐我做的两件事情"与"接下来，是不是该是你履行承诺了"之间，那个西裔彪型大汉在上下两句的口型衔接上有着很细微的不同。

如果用放大镜把那镜头放大，就能看出在说完"我已经做了你吩咐我做的两件事情"时的口型，与刚开始说"接下来，是不是该是你履行承诺了"的口型有很细微的不连贯，说明这之间有什么画面可能被剪掉了。

不过，果真如此的话，艾米小姐就会知道伍德先生在这其中做了手脚，那么为什么当伍德先生问她还有什么话要说的时候，她却无言以对，欲言又止？

以此推测，除非那个做的手脚所暴露出来的信息是对艾米小姐反而更加不利，艾米小姐才会不愿再多说什么。

但如果是对艾米小姐更加不利的证据，那么这不正好是对伍德先生有利的证据吗？为什么伍德先生反而要把它去掉呢？

难道这之间还有另外的人对这个视频做了手脚？

这里面又有什么阴谋？

凯奇决定要设法找到最原始的版本。

这对他来说并不算一件很难的事。

因为他知道其实不少产品都有一个后门。

当然产品开发商们是不会承认他们在产品中备有后门这种事的。但它确实很隐蔽地存在着。

比如对这个伽玛公司的手表产品来说，一个录像录下来后，会按照使用者的设定把录像传给伍德先生，但产品本身，会通过那个产品中的后门，传一个原始的备份到产品商自己的一个数据库里。

产品商不到万不得已是不会承认有这么一个后门的。

但一旦涉及到关乎公司甚至整个国家存亡的大事件，也许这个原始资料会是他们最后一根救命稻草。出于这样的心理，一些产品商会冒着风险偷偷在产品里留下一个后门。

如果你去问产品部门，他们是绝对不会承认的。因为这涉及到私自留存客户资料侵犯客户隐私等很微妙的法律问题。

但凯奇却对那个伽玛公司的产品了如指掌，他知道那个公司的产品实际上确实是有后门存在的。

凯奇从小就是一个黑客。哪些产品有后门对他而言只是作为一个高级黑客的储备知识。

他是以黑客出名的。

但他们的家族里却找不到一丝黑客基因。

凯奇的父母都是艺术家，是戏剧表演家。

凯奇小时候，因为父母的演出，经常需要跟着奔波在全世界。

这对凯奇父母来说是一种职业的需要。而对凯奇来说，却是一个童年阴影。

因为他永远都交不到新朋友。

每次还没等他在一个学校混个脸熟，再一次的搬家又来临了。

凯奇从小爱读书。爱沉醉在自己的一方小世界里。

由于他外面的社交世界一直支离破碎，反而让他在自己的小世界里越来越沉溺。

这种沉溺很快发展在编程和黑客的天才上。

因为编程和黑客都是孤独者的游戏，最适合一个沉溺在自己的小天地里的人。

他九岁时就用程序把他父亲与一个情人的通信给调了出来泄露给了他母亲。这直接导致父母的感情破裂。也导致他奔波的童年更加奔波。

因为他原来至少只需跟着双方，这下却不得不一忽儿得去跟着母亲生活，一忽儿就得要跟着父亲生活。

他十二岁的时候，因为向全校泄露了校长的贪污证据而遭到校长开除。

但他的名气，也很快随着他黑客行为的越来越大越来越国际化而变大。

也许，不能说他没有继承父母的艺术基因。因为在凯奇看来，黑客行为其实也是一门高超的艺术。

等他二十几岁时，他就成了各个国家的政客又恨又怕又爱的对象。因为他泄露的有些信息对某些政客某些国家可能是致命的打击，而对有些政客有些国家来说却是可以加以利用要挟的好材料。

由于他一次又一次地泄露丑陋恐怖或者肮脏的交易，揭露事实的真相，所以他在各国的平民心中，是一个仗义行侠的英雄。

更何况，凯奇得益于两位戏剧表演家父母高颜值的基因，长得越来越英俊，举手投足象足一名明星偶像，所以在很多年轻女子的心中，他还是一名梦中情人。

上次，因为泄露艾米小姐所在政党的邮件门事件更是让他名扬四海。

也是那个邮件门事件最后促成了该国机器人总统的上台。

所以国民们虽然把机器人总统的上台更多归功于艾米小姐，但也都认为凯奇也是其中起了很重要的促成因素。

因而，大多数国民都希望凯奇能成为机器人总统管理协会的一员，特别是伍德先生，极力想促成凯奇加入到机器人总统管理协会任高级程序管理员。

但艾米小姐却有不同看法。

她认为凯奇有揭密的名声在外，而且因为揭密惹上过不少官司，很有可能把机器人总统的程序信息泄露出去，让别的国家有了干涉内政的可趁之机，从而影响本国民主的进程。

艾米小姐说："有时候我们会选择依仗一个天才来解决很难解决的问题，但我们又不得不看清楚这一点：一个天才程序员如果出于邪恶的用心，他很可能给机器人总统带来意想不到的危险，而这个危险往往比一般平庸的程序员所能带来的危险来得可怕，更难以防备。"

不过委员会和伍德都不以为然。

凯奇虽然惹上过不少官司，但他的出发点都是好的，而且最后结果都是让人们认识真相，他已经在国民的心里建立了很好的信用。

这样的人是不需要怀疑他的用心的。

但就在讨论要不要让全国国民就招凯奇进入机器人总统管理协会任高级程序管理员一职进行投票时，凯奇就招惹了一起强奸杀人案。

凯奇心里自然明白这是一起被栽桩的强奸杀人案：有刑事案在身的人是不能成为管理协会会员的。

其实，要不是他现在名声在外，目标太大，这个世界上不知有多少人想要暗杀他。

他的名声虽然给他带来不少麻烦，但也在一定程度上是他的保护伞，使得对他恨之入骨的人不敢对他轻举妄动。

但那些人却知道通过迂回的途径，设法让他惹上刑事官司，在他的名誉上泼上污水。

这应该也就是这次栽桩的强奸杀人案的由来。

好在，凯奇的应变能力极强，在被警察抓获前，就设法躲到邻国的大使馆请求政治庇护。

他的人身目前是安全的，但他积累的声誉在找到强奸杀人案的真相前算是被毁尽了。

七．强奸杀人案

凯奇喜欢红酒，加上又是独身，经常会去一家叫"晚风"的酒吧喝酒。

那天晚上，初夏的天气，不是很酷热，晚风阵阵更是带走了白天的暑气。

是一个很宜人的晚上。

他的生活最近也很适宜。

伍德先生与他的几次接触，都勾起他对即将面临的工作的好奇心。

伍德先生说："尽管机器人总统管理协会的程序管理员众多，但与你相比就不足一提了。一个优秀的程序员与一个平庸的程序员相比，可能不是以一敌十这种级别的，可以是以一敌百，敌千，敌万这个数量级。而一个象你一样的天才程序员所能做到的贡献更是不可估量。机器人总统管理协会缺少你，就像是一个人缺了左膀和有臂。"

凯奇没想到伍德先生虽然对计算机不懂，但对计算机程序员的理解却有如此独当的见解。

当下欣然表示愿意一试。

如日中天的名声让他很有把握会在即将到来的全国投票决定是否让他加入到机器人总统管理协会作高级程序管理员中获胜。

他对这个世界上第一个机器人总统也很好奇，很想知道那个总统还有多少可以优化的空间。

要不是他知道他将很快加入到机器人总统管理协会里去，他可能会忍不住一颗黑客的心，在明知这将给他带来很大麻烦的情况下也要试图入侵到机器人总统内部去看看究竟。

人生得意必纵酒。

所以当晚他出现在那家"晚风"酒吧。

他正在喝酒，一个自称名叫雪莉的美女上来搭讪。

雪莉长得肌肤白嫩，五官鲜明，一双大眼睛似乎一直含着笑。厚厚的下嘴唇带着一丝挑逗和色欲。

她是独自一个人来到酒吧的。

一进酒吧就吸引了好几双眼睛。只见她穿着一条咖啡色真丝半袖长裙，裙子很飘逸，勾勒出一副玲珑有致的好身材。

她把双脚略作停顿，眼波流转，扫了一下整个酒吧，就径直朝凯奇走去。

"光喝酒是否太过寂寞？"

凯奇抬了一下头，笑了："有美女陪就不寂寞了。"

就这样搭上了关系。

雪莉自称读过好多关于他的报道，对他很崇拜，对黑客生涯也很好奇。

凯奇从来不习惯带生人回自己的住处。所以，当晚是一起去的雪莉的住处。

雪莉的住处不大，是一居室的套间。

住房里很是凌乱。

衣服乱放，碗具胡乱堆在水池里还未清理。

雪莉笑说："要早知道会带你来这儿，走前一定把住房整一整。"

"没关系，我就喜欢凌乱的环境，在清洁的房间里我反而感到不自在。"凯奇安慰道。

雪莉一边脱衣服，一边很好奇地问凯奇，上次让他名声大振关于政党内部操纵候选人选票的邮件门事件爆发后，他是否其实还有一些邮件没有泄露出来。

"具体指哪方面？"凯奇问。

"民间谣传邮件门事件的幕后人其实是艾米小姐，有证据吗？"

"就算有证据也没有用了。艾米小姐后来不是也退出竞选，推出了机器人总统贝塔。"

"那你觉得机器人当总统是否比人当总统要来得公正？"

"理论上来说当然是这样的，因为人的自私性决定了没有私心的机器人永远会比人来得公正，但问题是机器人的程序又是人开发管理和维护的，所以现实中不可能有一个真正意义上来说完全纯粹公正没有私心的机器人。所有的机器人无可避免都会带上创造它的人的属性和倾向。"凯奇解释说。

凯奇有很多怪僻，不光不习惯带生人去自己的住处，也不习惯在别人的房间里过夜。

半夜时分，他就执意要回去。

雪莉好象知道他的习惯，没有强留他。

不过在他欲走前，她突然说："如果今晚你发生了什么事，别怪我，不是我想让你这样的。"

凯奇以为她是怪自己没有留过夜陪她，就说："当然不怪你。是我自己要走的。没办法，多年养成的怪僻了。"

他抱歉地对雪莉笑了笑，但雪莉却没有表情地瞪着他没有说话。

结果等凯奇一走，雪莉就打电话报警，说凯奇强奸她。

可等警察到达雪莉的住处时，发现雪莉倒在床上已经被谋杀。

而她的身上及房间留有大量凯奇的痕迹。

凯奇就是在这样的情况下，逃到邻国大使馆请求避难。

这期间上演了一场凯奇逃避警察追踪的逃和追的游戏。

凯奇感觉他就象经历了一场影院里放映的警匪片。

分分秒凯奇都可能落入到警察的手中。

凯奇经过与警察飚车，弃车，最后妆扮成另一个人坐上一辆出租车让司机直奔邻国在该国的大使馆，才算摆脱了警察的追踪。

作为黑客，凯奇经历过好几起官司，逃脱过好几起警察的追捕。但没有一次象当晚那么危险可怕，让他狼狈不堪。

他现在是一个逃犯了。

邻国考虑到凯奇这个奇才很可能为自己的国家所用，所以接受了这个避难请求。

凯奇闯入邻国大使馆后才确定自己安全了。

凯奇把当晚发生的事通盘想了想，知道是有人要陷害他，不想让他去机器人总统管理协会工作。

雪莉估计就是什么人派来引他上钩的。

因为他的目标太大，直接杀他不合适，就利用雪莉制造了这起强奸杀人案。

想到她这么年轻漂亮却因为当诱饵而被杀，凯奇心里不免感到一阵悲切和寒意。

她说今晚发生什么事不要怪她时，是知道她将在他走后，会以强奸案报警，让凯奇背负强奸的罪名。

但她却没想到她自己也会被人谋杀。

因为幕后者不光要让他背上强奸罪名，还要让他背负杀人的罪名。

太狠毒了！

谁是幕后人？

可能性最大的应该就是艾米小姐吧。

是的，他手头上确实有艾米小姐作为上次总统候选人邮件门的幕后人物的邮件没有泄露出来。但是，一则，他认为选总统本来就象选淋病还是选梅毒，选上谁最后都是一个样。二则，后来艾米小姐退出了竟选，随后一心一意推荐支持让机器人贝塔当上总统，所以他的邮件泄露不泄露也无关紧要了。再则，他也不想树敌太多。上次因为邮件门事件使得那个政党的主席自杀身亡也让他略略觉得有点内疚，觉得为了邮件泄密事件不值得搭上一条人命。

没想到，现在因为他可能去机器人总统管理协会工作的事，又搭上了一条人命。

人世间的险恶有时真是远远地超过他的想象啊。

八．程序员的风险

凯奇很快通过伽玛公司手表产品的后门找到了那个原始记录。"我已经做了你吩咐我做的两件事情。""接下来，是不是该是你履行承诺了。"之间被删除的话是："枪杀了让凯奇涉强奸的那个女主，又做掉了今晚这个。"

原来，让凯奇涉强奸案的女主也是那个西裔彪型大汉在艾米小姐的指示下杀害的。

可是，为什么伍德要把这句证明他清白的话去掉？

当时，可是伍德先生极力想说服凯奇加入到那机器人总统管理协会的。

而既然枪杀凯奇强奸案的女主是艾米小姐派的人，有这个证明，这不是既可以证明凯奇的清白，又增加艾米小姐的罪行吗？

凯奇非常疑惑。

他出于对伍德先生的信任，及对案情的分析，觉得不可能是伍德先生做的手脚。

那么，就有另一种可能，在这期间另有其它人，把这句话去掉了。

如果是这种可能，那么又是谁不想让人知道凯奇的强奸杀人案是被冤枉被栽赃的？

又是谁有这么高的黑客技术能侵入到伍德的账号，得到这个摄像？

出于对伍德先生安全的关心和出于对自己案情澄清的考虑，凯奇发邮件向伍德说明了自己的发现和怀疑，同时把邮件抄送了一份给警察局。

艾米小姐被捕后，按照机器人管理协会委员会的规定，伍德先生已经接替艾米小姐的职务而成为了机器人总统管理协会委员会的主席。委员会又推选了一名叫瑞恩的人成了委员会的副主席。

伍德很快回信说，他也不知道这期间发生了什么，但是因为他拿到视频时已经与录像传送时间差了二天不到的时间，不能保证这期间有人动过该录像。他一定会想方设法对此事调查个水落石出，他也恳请警察局能助他一臂之力，对是否有人在其中做手脚的事做彻底的调查。

另外，伍德说，他从一开始就相信凯奇是无辜的，也一直很欣赏凯奇的能力。如果凯奇发现的摄像原件能证明凯奇确实被人陷害，他再次垦请凯奇能很快出来工作。而且他保证在几天内就会启动让全国国民的投票来决定是否让凯奇出任机器人总统管理协会高级程序管理员的工作。

可是凯奇的这件涉案还未完全得到解决。

首先，伽玛公司产品部门不承认他们私底下有客户的录像资料备份存在。

而且，伽玛公司马上控告凯奇用非法手段侵入该公司数据库：这是一件犯法行动，该公司的律师部已经起诉他。

凯奇本来以为凭此原件可以澄清自己的强奸杀人案嫌疑，现在却反而多惹上了一个官司。

不过，好在，警察局对照原件及伍德先生放映的视频进行严格比较后，认可了伍德先生放映的那个视频中确实去掉了那句可以证明凯奇在强奸杀人案中清白的话。

而该国也有一个名叫长乐的律师自告奋勇要帮凯奇新惹上的非法入侵伽玛公司数据库的官司作无罪辩护。

在邻国大使馆的同意下，凯奇就约了长乐律师与自己在大使馆的房间见了一面。

凯奇把他所知道的情况告诉了律师，并把从伽玛公司取回的摄像原件拷了一份备份也交给了律师。

长乐问凯奇还了解了什么情况，或者有什么怀疑。

凯奇犹豫了一下说，他开始怀疑机器人总统的投票系统早就受人操控。

律师问，"你的怀疑有什么证据没有？"

凯奇说："还没有，只是凭着一种隐约的第六感觉。"

长乐律师说："如果你的怀疑是有道理的话，那么就是艾米小姐在操纵机器人总统的投票系统。这可能就是艾米小姐要让你背上强奸杀人案的动机。可是艾米小姐现在已经以杀人案被起诉。而你目前最需要面对的则是非法侵入伽玛公司数据库的案件。你对机器人总统投票系统的怀疑对你目前面对的非法入侵伽玛公司数据库的案件没有什么帮助，所以我建议你目前不要去外面声张你的怀疑。因为没有证据随便怀疑的话反而会让你惹上更多麻烦。"

长乐律师又问凯奇有没有什么需要托话给家人。

凯奇犹豫了一下说，他做的工作太危险，幸好，他目前是来去无牵无挂，在这个世界上已经没有什么家人可以连累的了。

当天与律师匆匆别过。

第二天，却传来长乐律师在寓所被杀的事件，据警方调查又是一个没有身份档案的非法移民做的。

大概是因为凯奇的强奸杀人案还未得以彻底澄清，而又惹上伽玛产品公司控告凯奇非常侵入数据库存的官司，再加上刚刚长乐律师被杀案件，影响了凯奇在国民心中的人气，凯奇原本在全国的呼声很高的，这次却在全国的选举中，以几千票的票数差距没有得到足够的赞同票而不被招入到机器人总统管理机构。

凯奇的律师长乐的被杀，是否是意味着有人在警告凯奇不要有什么轻举妄动，否则他身边的人都可能会以不明原因受到伤害？

而且对手说不定已经从律师身上得到了自己怀疑机器人总统被操控的信息。

凯奇很后悔自己的失误。

在还没有证据表明机器人总统被操控的情况下把这个怀疑泄露给律师是一个很不明智的错误。

好在凯奇保留了一个秘密。

凯奇其实一直对外界隐瞒着一个事实：他其实是有前妻和儿子的。

不过，因为他结婚早，早在他成名之前十九岁就结婚了，而且很快又与妻子离婚，再加上他一直来行踪不定，居无定所，所以很少有人知道他的那段婚姻，更少有人知道他的前妻和儿子的行踪。

更因为他的前妻是个东方人，儿子是个混血儿，而且长相上更象他的前妻而不是象他，前妻又再婚嫁给一个东方人，儿子随了继父的姓，取了一个完全东方的名字叫宋中季，所以也从来没有人怀疑过他是他的儿子。

因为他自认自己从事的是危险的工作，为了避免涉及到他们，所以很少与前妻和儿子联系。

凯奇今年三十三岁了。

随着他年龄的增长，名气的增大，他越来越学会谨慎。

特别是凯奇的强奸案当事人被害以后。

凯奇与儿子其实是有通信的，不过他们的通信途径很不寻常，不用邮寄，也不用电子邮件，更不用手机，短信，视频等现代手段联系，而是采用最古老的方式：用鸽子传书。

因为凯奇知道所有这些现代手段都会留下痕迹，都可能被象他这样的黑客高手所跟踪所窃取。

凯奇的儿子宋中季现在也已经是一个计算机高手，得到了凯奇天才的基因，所以也很明白这些现代通信方式的危险之处。

有时候，最古老最落后的方式反而是最安全的方式。

人们只知道凯奇喜欢喂鸽子。

但不知道，有时候，他喂的某只鸽子可能给他带来了他儿子的信。

那天，凯奇又照惯例到大使馆所住房间的阳台喂几只飞来觅食的鸽子。

他接到儿子的信：有人来他家问他们是否知道凯奇这个人。

凯奇的儿子告诉他，他们回答，他们对凯奇的了解象其他人一样仅局限于在新闻中看过关于这个人的报道。但他还是在信中嘱咐凯奇希望他能自己保重。

不管去探听凯奇消息的是哪方人士，凯奇知道自己的处境危险。

他必须尽快行动，抢在他们探听出更多信息之前揭露他们，才能保证自己以及前妻和儿子的安全。

九．铀矿开采

2037 年，各国对电力的需求越来越大，几乎所有的设备，人工智能产品都要用到电。

停电一天，对国民经济造成的影响是非常巨大的，对生活也带来极大的不便。2037 年的地球人，赖以生存的四大要素，除了空气、食物、水，就是电了。

而各地对环境的保护意识却越来越强，好些国家都推出很多环境保护条约。

火力发电站因为要排放大量二氧化碳，使得好多火电发电站都达不到新建立的环境保护条约。

一方面是用电的需求增加，另一方面是火力发电站越来越受到限制，所以迫使好些国家都在设法发展核电站。

在这使得铀这个可制作成为核燃料的资源倍受青睐。

不过铀的分布极不平衡，主要产地就集中在几个国家。

该国是其中的一个国家。

而凯奇避难的邻国更因为资源不足，一直为如何维持国家的持续供电而大伤脑筋。

邻国水资源不足，所以水力发电是不用想了，肯定依靠不上。风力发电也只能在小范围内应用。而火力发电站则因为环境保护条约受到的种种限制，越来越指望不上，而且效率也越来越低。

权衡再三，邻国最后决定还是要继续发展核电站。

但邻国是铀矿很贫乏的国家，发展核电站所需要的核燃料则必须用到铀。只得向别的国家申请开采铀矿。

因为该国与邻国边邻，所以邻国首先想到的是向该国申请铀矿的开采资格。

但由于铀矿开发是战略产业并关系到国家安全，也关系到该国的就业，经济等问题，所以向其它国家开放铀矿开采是一个很敏感的问题。

邻国出的条件非常丰厚，预计会给该国带来很不错的经济收益，而且因为该国铀矿丰富，把10%的开采权让给邻国也不会给该国铀矿的储备带来很大影响。

而且该国的几个与铀开采相关的企业都在向国民大做宣传，希望该国国民能通过这项让邻国开采铀资源的资格：既能增加该国的就业，又能增加该国的经济实力，更重要的是发扬国际人道主义精神解决邻国的电力资源问题。

当然那些企业其实是无利不起早：因为邻国不可能派铀矿开发人员进驻该国，所以肯定要下重金与当地的铀矿开采企业合作，所以当地的铀矿开采企业们从中是大有油水可赚的。

可是铀毕竟是一个很敏感的话题。

有很大一部分的国民对此忧心忡忡，因为伴随着铀的开发有可能会导致核武器在世界上的泛滥。

邻国是具有核武器开发能力的国家。

邻国提出铀矿开发表面上是为了发展核电站，增强电的供应能力，但最后会不会挂狗头卖羊肉，把铀用于核武器的开发呢？

这是很难预测的问题。

因为这是一项关系国计民生的重要大事，权重指数为 10，必须由国民投票进行，而且投票的具体实况和过程都必须实时显示在机器人总统贝塔办公室的那面大屏幕中。

伍德先生和一群具有国际主义精神的人们大力地向国民提倡要发扬国际人道主义精神，不能光顾自己国家眼前的那一摊事儿，要从国际的眼光整个人类发展的眼光出发，帮助邻国解决电力不足，资源缺乏的问题。更何况，该国也可以从中谋取很大的经济利益。

伍德先生还说，现在由于科技的发展，核武器的管理已经变得非常安全。因为有那么多人工智能及程序管理员在做核武器大数据的管理，所以不要担心核武器扩散的问题。

尽管伍德先生、国际主人道主义人士们以及铀矿开发大企业主们都在不遗余力地进行合作宣传，但是最后做出决议的取决于大多数人的票数，大多数人的意向。

这个投票的日子终于还是来临了。

由于事体重大，很多国民都在实时关注着投票的状况。

从投票动态视图上来看，最初投赞同票与反对票的双方人数都很接近，一会儿赞同票的占了多数，一会儿反对票占了多数。实况视频里的两根柱形一会儿赞同那根超过了反对那根，一会儿反对那根超过了赞同那根。

最后的结果出来了。

国民投反对票比投赞同的票数多了几十万票。相比几亿的人口，差距不算大，但结果却很明显：这项决议没有通过，该国国民不同意让邻国对铀矿进行开采。

伍德与机器人总统管理协会委员会的人也都一直在关注着投票的实况。

最开始伍德的表情很放松，眼睛注视着大屏幕，双腿搁着，喝着咖啡，听着古典音乐。

伍德是黑胶收藏爱好者，听的是上个世纪五六十年代古典音乐录制质量最高时的黑胶唱片。

但当他看到最后反对票比赞同票数多了几十万票，决议没有通过时，伍德突然一下子不相信起来。

"投票还没有结束吧？"他疑惑地转过头去问身边新提拔

上来的副主席瑞恩。

"已经结束了，先生。"瑞恩回答说。

"不可能，这怎么可能。"他先是喃喃自语，后来声音变大，严厉地盯着瑞恩说，"投票一定还未结束！"

"你不相信投票的结果吗，先生？"瑞恩惴惴地问。

伍德这么大的反应让他一时摸不着头脑，不知道自己的回答在哪里出了差错。

"怎么了，伍德先生？看起来你的心情不太好啊。难道是因为投票结果与你设定的结果不一样了吗？"杰克警官和几个警察不知在什么时候已经出现在机器人总统管理协会委员会的面前。

委员会成员们看着突然到来的那些警察坐立不安起来，互相你看看我，我看看你。眼神里都是同一个问号："到底发生了什么事？"

好不容易搞明白了一件事情：伍德出事了。

"你被捕了，伍德先生。"

"你们不能凭空抓人！"伍德先生挣扎着说。

可怜的老好人瑞恩副主席还在忙着想搞清楚警方是不是弄错了，可是谁都没有理他。

"你会看到证据的。"杰克警官讽刺地说，"好在抓人是不需要全国投票的，否则你是不是很想通过操控投票数据让你逃过抓捕？"

"我不懂你在说什么？"

"你很快就会懂的。幸好，你操纵的数据已经被凯奇先生反操纵了。否则，这次铀矿的开发决议就会如你所愿地通过了。"

"不可能！不可能！凯奇不属于机器人总统管理协会，他也没有最高权限，他怎么可能进入机器人总统的系统数据库。"伍德先生先是不信，然后又反抗道，"他这种非法入侵是犯法行为，叛国行为！他修改数据，该抓的人是他而不是我！"

"凯奇确实犯了非法入侵罪，而你犯的却是非法操控总统罪。你的罪比他大多了。而且我们有证据证明你私自与邻国谈铀开发交易，这才是叛国罪。凯奇的律师长乐先生是不是也是你派人杀死的，我们还在调查。如果调查确切，你还犯了杀人罪。我现在宣布你被捕了。不过，你有权保持沉默。"

"我要请律师。"伍德先生低声说了一句，垂下了头，闭上了眼睛。

警方在逮捕伍德先生前已经收到了凯奇传来的证据。

一个证据是伍德与艾米小姐在艾米小姐被捕前一个晚上的电话录音：

"禁枪这事必须不能通过。如果你知道我在说什么的话。"伍德先生的声音。

"这不是我说了算的，这是由国民投票决定的。"

"不，我知道你有办法让禁抢案不能通过。"

"你在说什么？我不明白你的意思。"

"你心里明白。你能操控机器人总统投票系统，你能操纵投票结果，虽然我还不知道这是什么方式。我再问你一遍，你能不能保证做到不让禁枪这事通过。或者你可以把如何操控机器人总统的方式告诉我。"

"你太过分了！禁枪案能不能通过不是我说了算的，也不是由你说了算。机器人总统必然会如实反映人民的意志和意愿。而且你知道我一直的立场就是要禁止枪支。至于操控机器人总统，首先，我没有这个能力。其次，即使你有这个能力能绕过这么多程序管理员的检查，你也不可能操控，因为你没有我这个级别的权限。"

"如果你不能保证让禁枪这事不通过，你会后悔的。"

"后悔的人将是你吧。"艾米小姐挂了电话。

凯奇用黑客手段，通过机器人总统管理协会委员会所用的通讯公司的后门，盗得了伍德与艾米小姐那天晚上通话记录的备份。

除了那个通话记录，凯奇还通过对邮件服务器的入侵，入侵到了邻国的邮件系统。获得了伍德先生与邻国大使馆的交易信件。

在信件里，伍德先生向邻国保证他能让铀矿开采项目确定得到通过。

邻国则许诺如果铀矿开发项目得到通过的话，邻国会向伍德先生的家族支付巨额的金钱，并以高价从他们家庭购买大批的枪枝。而且还答应在通过那个项目的第二天起，就不再继续接受凯奇的政治庇护。

还有其它更确切的证据，足以证明伍德先生对机器人总统的操控。

十．真相大白

该国有名的媒体 ZZaga 对凯奇的采访揭开了事实的真相。

伍德先生从 S 城改造计划最后选取阿尔法公司作为旧城改造开始，就怀疑艾米小姐在操控机器人总统。

这个怀疑使他很担扰，担扰她会在禁枪这事的投票上操控，从而影响到他整个家族的生意。

所以他想调查出是否机器人总统的投票系统确实被艾米小姐操控了。

但由于整个机器人管理协会的程序管理员们都没有发觉这个漏洞，所以他觉得这一定不是一般的漏洞。于是决定请计算机奇才凯奇来做机器人总统管理协会的高级程序管理员。希望能借其之手查出其中的漏洞。

艾米小姐自然要全力阻止凯奇进入到机器人总统管理协会。

虽然艾米小姐有办法把投票的数据操控成为不让凯奇在投票中通过，但是她是个很谨慎的人，为了这个操控不被人觉察，她在前期会做很多事情，使得投票的操纵结果不会太离错。

鉴于那时凯奇的名声如日中天，如果直接操控投票使他不能去机器人总统管理协会工作，结果就非常明显地显得不合情理，做这样的操控反而会暴露她的操控行为，所以艾米小姐决定让凯奇背上一个强奸杀人案的嫌疑，让他因为身负刑事案件而没有办法进入到机器人总统管理协会。

伍德因为看到凯奇身负刑事案件又躲到邻国在该国的大使馆不可能再被招入机器人总统管理协会，就开始想其它的办法。

他知道如果艾米小姐确实可以操控机器人总统投票系统的话，要是他继续招其他高级程序管理员，艾米小姐完全可以通过直接操纵投票结果让那个高级程序管理员没办法进来。

所以才决定招强生作初级程序管理员。

因为只有初级程序管理员才不需要通过全国选举而只要通过管理协会委员会同意就可以招入到机器人总统管理协会。

然后，伍德又把自己的权限私自告诉了强生让强生用他的权限研究到底艾米小姐是通过什么办法操控的选票。

强生觉察了个大概，有了大致怀疑的方向，但伍德给他的权限不足以让他验证自己的猜想，不过他已经把自己的怀疑和想法都告诉了伍德先生。

显然，强生探索性的研究开始让艾米小姐感到不安。

她也察觉到强生的工作其实并不仅仅只局限于初级程序管理员最外围的程序管理，而是在研究一些深入的东西。

怕强生给她带来麻烦，艾米小姐就找那个杀害雪莉的无档案西裔人士枪杀了强生。

事后，她再把那个无档案人士亲自干掉，就等于这个世界上从来没有这个人存在过一样。

更何况，因为当时刚好在进行禁枪宣传，把枪杀强生的现场制造成为抢劫案一方面不会把矛盾引到她的机器人总统操纵方面，另一方面又除掉强生这个心患，再一方面是多制造了一起枪杀案，让她的禁枪宣传更有说服力，是一个一举三得的事情。

没想到伍德先生因为要让强生随时录下操纵证据好要挟艾米小姐，也好自己做深入研究，所以从一开始就给了强生这个特殊的手表，以做随时的录像之用，而且把录像调成随时上传给伍德自己。

而艾米小姐为了伪装这只是一起普通的抢劫杀人案，让杀手必须把手表钱包等随身钱财都要取回来，从而造成了把艾米小姐如何抢杀西裔无档案人士的过程也录了下来。

当伍德得到这个录像时，伍德第一个想到的不是报警把录像交出去。而是想着如何用那个录像带要挟艾米小姐。

首先，他试图拼凑出强生的发现，看自己能否搞明白艾米小姐究竟是如何操控机器人总统投票系统，结果却没有完全搞明白。

所以，才在当天晚上给艾米小姐打了一个电话，想让艾米小姐确保禁枪案不能通过。

艾米小姐自认伍德没有最高级别的权限，无论如何都没法操纵机器人总统的投票系统。

而且她认为自己不可能有把柄落在伍德手上：用的是无档案人士，而且该无档案人士已经从肉体被全部灭迹，做案工具也被粉碎，自然不愿意承认自己操纵机器人总统的投票系统。

伍德先生本想告诉艾米小姐她有杀人的罪证在自己手上，以此要挟取得艾米小姐如何操纵机器人总统的秘密及让她操纵禁枪决议，但意料之外，从艾米小姐口中知道要操纵机器人总统必须要有最高权限。

所以当下改变了主意，没有把艾米小姐有杀人录像在他手上的事告诉她。

因为他马上认识到现在最重要的任务变成了必须把艾米小姐搞下台，他才能成为委员会主席，才能拿到委员会主席才能拥有的最高权限。

强生的怀疑和推测已经给了他大致如何操纵的方法，他需要的是用最高权限进入数据库进行验证。

所以才会选择在通完话后的第二天，在禁枪大会上，把艾米小姐的罪行当场曝光出来。

不过，在曝光之前，伍德已经想到，如果艾米小姐被除去，自己就会成为机器人总统管理协会委员会主席得到最高级别的权限，接下来，操纵机器人总统的那个秘密就等于被自己一个所拥有。

那么等于自己能随意操控机器人总统，成为真正幕后掌握权力的那个人，那个人才是真正的总统。

但伍德先生又想到，如果让国民知道凯奇与强奸杀人案无关的话，凯奇势必就会众望所归地在全民投票中以大比例的赞同票进入机器人总统管理协会来当高级程序管理员。那么，那个秘密难免就会被他发现，使得自己不能随心所欲操控机器人总统。

伍德先生有着艾米小姐一样的精明和谨慎。象艾米小姐所想到的那样，他当然也不想把操纵做得太明显，在明明知道凯奇会以很大选票取胜的情况下操控成不能是很危险的。

为了继续陷害凯奇，让凯奇继续背上强奸杀人犯嫌疑，伍德才决定除去了那句能让凯奇冤情大白的话："枪杀了让凯奇涉强奸案的女主，又做掉了今晚这个。"

他有把握艾米小姐不会说出来，因为如果艾米小姐说出来，等于给自己多背上一桩谋杀案，对她的案情更加不利。

艾米小姐确实如他所料没有说出来。

但他万万没想到在邻国大使馆的凯奇却看到了那个破绽。

他更万万没想到那个产品是有后门的。

毕竟，他只是一个优秀的政客，不是一个技术高手。

作为政客，哪怕是象他那样热爱科技的政客，对这个瞬息万变的科技世界的产品也不可能了如指掌。

在这个人工智能年代，政客再是如何自作聪明，再是如何自以为自己的阴谋有多么的牢靠，在真正的技术高手眼中却不过是欲盖弥彰。

他万万没想到，凯奇通过伽玛公司产品的后门进入到该产品的数据库拿到了原始的录像。

这让凯奇在这桩强奸杀人案中重归清白。

所以，他必须要让凯奇再缠上一些案件，败坏凯奇的名声，这样才能操纵投票让凯奇不能进入机器人总统管理协会工作。

伍德先是在背后怂恿伽玛公司诉讼凯奇。

然后又派了一个叫长乐的律师以帮助凯奇免费打官司之名探听凯奇究竟已经对机器人总统了解到了什么程度。

没想到凯奇这时已经怀疑机器人总统被操纵。

所以伍德先生如艾米小姐一样如法炮制，找了一个无档案的非法移民把长乐律师除去，一则凯奇对机器人总统被操纵的怀疑就不可能由长乐律师之口散布出去，二则是对凯奇一个警告：如果他轻举妄动，他身边的人都有可能遭遇不测，再则，也进一步让凯奇招惹上一些嫌疑，进一步败坏凯奇的名声。

要不是凯奇在邻国的大使馆中是不可能出来做案的，他还想进一步象艾米小姐一样把杀害律师诬陷给凯奇。

好在经过这一系列的铺垫，使得他操纵投票使得凯奇没有获得足够赞同票不能进入机器人总统管理协会的结果不至于引进大家的怀疑。

有了最高权限，有了操纵机器人总统投票系统的具体办法，伍德的心里充满了膨胀的欲望：他，才是这个国家真正的总统。

凯奇至此已经肯定这个机器人总统投票机制被操控，有人要对他不利。

而他儿子宋中季的信更使他怀疑有人已经在打他亲人的主意，更坚定了他必须尽快破解操控的决心。

世界上的事情有时只是出于无常和偶然。

其实那个向宋中季家里探听凯奇消息的人不过是一个无心之举，结果却搞得凯奇家人及凯奇都异常警觉，草木皆兵。

这个无心之举成了凯奇决定揭露事实真相，保护家人的最大动力。

就在那期间，伍德出于个人私利，正在与邻国促成铀矿开采的私下交易。

凯奇通过黑客入侵，得到伍德与艾米小姐在枪杀强生后当天晚上的通话记录。

他也得到了伍德与邻国的关于铀矿开采私下交易的邮件。

凯奇通过伍德与邻国的邮件往来，知道伍德一定会在铀矿开采投票上继续操纵投票结果，以确保他的巨大利益一定能保证获得。

所以凯奇必须在这之前就搞清楚他们是如何操纵，而且还必须把操纵的结果改变过来，以实现反操纵的目的。

凯奇并没有怀疑程序的差错。

毕竟有那么多程序管理员在管理维护，要在程序上做手脚很难。

他也不怀疑数据库出了差错。因为毕竟也有那么多的数据库管理员在管理。

凯奇怀疑的是在数据库的调用上做了手脚。

等凯奇搞明白艾米小姐和伍德先生是如何在数据库的调用上做手脚后，以及如何反操控后，为了不打草惊蛇，在铀矿开采的投票过程中，才把证据发给警察，让警察在投票结束时去现场抓获伍德。

伍德永远都不会想明白，凯奇在没有进入机器人总统投票系统数据库的最高权限情况下，是如何搞清楚他们如何操控机器人总统甚至还进行反操控。

一个天才程序员的世界是政客们所永远无法理解的。

秘密就在于机器人总统投票系统的数据库调用上。

十一．数据库的秘密

艾米小姐和伍德先生确实是在数据库的调用上做了手脚。

当他们操纵机器人总统的投票结果时，所有的程序和数据库都没有错，但是在数据库的调用上调用的却是不同项目的数据。

也就是说，实际上向全国人民展示的投票实况和投票结果，演示的不是该项目的投票，而是以前某个项目的投票实况和结果。

而凯奇最怀疑的是用权重小于 5 项目的投票实况和结果来代替权重大于 5 项目的投票实况和结果。

因为权重小于 5 的投票实况是不需要展示在公众面前。当然即使权重小于 5 的项目的投票实况和结果数据都是记录下来了的。

只要把权重小于 5 的投票实况和结果代替那个需要操纵的项目，把已有的投票经过在屏幕上演示一遍，公众是没法怀疑投票实况和投票结果的。

而要做的，是利用权限，把某个本来要取用的数据库的一个 table 里的数据连接到另一个数据库里一个 table 的数据代换。再把那个 table 的数据覆盖本来要取用的 table 的数据。

实际上，艾米小姐和伍德先生就是这样操纵机器人总统让它为自己的利益服务。

凯奇在自己的解密网站演示了几个被操纵的权重大于 5 的几个项目以及被用来替换的权重小于 5 项目的投票实况和结果。

该国国民发现：S 城改造计划中对阿尔法公司的投票实况与结果与"增强现实 AR 游戏要不要设分级制度"一模一样。

"凯奇招收为机器人总统管理协会高级程序管理员"的投票实况与结果则与"是否重修 W 城佛庙的琉璃塔" 毫厘不爽。

"非法移民是否可以自动成为合法公民"的投票实况与结果则于"选美大赛能否以虚拟现实 VR 形式参与"的投票实况和结果毫无二致。

当西裔等少数裔原艾米小姐铁杆支持者们看到原来"非法移民能否自动成为合法公民"的投票也是被艾米小姐操纵时很是愤慨。

"好一个伪君子！"

"对外树立自己同情非法移民的人道慈悲形象，但其实心里是想把非法移民永远控制在自己的手里，永远成为自己的支持者。无档案的非法移民更是用来充当她的打手，为她作奸犯科。"

"她口头上支持把非法移民转成为合法公民，就象是把一个胡萝卜挂在绵羊前面，让绵羊一直跟着胡萝卜走，却一直吃不到那根胡萝卜。"

民众对艾米小姐这种政客表里不一虚伪的一面议论粉粉。

原来政治家为了自己利益可以虚伪到没有底线的地步。

如果说只是两个投票的结果刚好一样还能用碰巧来解释，那么连投票实况、投票过程都一模一样则完全不可能用概率及巧合来解释。因为这样的巧合在概率上来说无限接近于零。

更不用说有好几个投票实况与结果都与另外的几个投票实况及结果一模一样。

通过这样的演示，傻瓜也都看明白了，这几个投票数据是被操控了。

而且艾米小姐和伍德先生用来选用替代的几个投票项目都很巧妙，既使得投票结果符合自己想要的结果，又选择赞同方与反对方的选票相差不多。

再加上投票前事先对自己想要的结果经过大力宣传，所以使得最后出来的投票结果和过程不会偏差很多而使人产生怀疑。

那几个被操纵的投票项目将重新开放给国民进行再一次的投票。

伍德先生和艾米小姐虽然都不是计算机专业出身，但其实在暗地里都在自学计算机编程和数据库技术，再加上他们的权限允许他们进入到数据库作不定期的检测，所以艾米小姐想出了用这个办法通过操纵数据库的指向和重写来操纵投票实况和结果。

而程序管理员们因为根据级别不同的分工分得太细，都只注意自己手头上的那一摊责职，反而没有人在整体上注意到数据库的 table 在调用时已经被掉包。

而伍德在强生的研究基础上加上最高权限也很快搞明白了艾米小姐的操作手法。

可惜，他们的对手却是个天才程序员。

凯奇根据推理，先有了如何操纵的推测。又通过黑客技术，突破权限的阻碍进入到数据库，再通过对数据库 table 数据的分析检验，进一步验证了自己的推理。

当铀矿开采项目投票前，伍德先生如法泡制调用了一个权重小于 5 的项目的实况数据来替代真实的实况数据，但没想到凯奇在伍德调用后，又重新设置数据库的调用，把调用的数据库和 table 都重新回归正常。

所以最后铀矿开采项目的投票实况和结果显示的就是国民真正投票实况数据和结果。

机器人总统管理协会的前后两任主席艾米小姐和伍德先生先后都进了监狱。

可是，夺取权力的战斗永远都不会停止。

哪怕在机器人贝塔作总统的年代，一部分人为了权力，为了个人的利益，总会想方设法让机器人总统为自己的利益服务。

因此，对于还要不要继续让机器人贝塔当总统，大家的意见不一。

首先，人们的投票都基于自己所知的行情，但利益偏向者们却可以通过宣传让你选择性地知道他想让你知道的行情。

所以在了解行情这一阶段上，就可以通过人为的倾向性的不对称的宣传进行一定程度上的操纵。比如在那个禁枪项目，艾米小姐就通过制造枪击案在民众中造成"禁枪很重要"的印象。

即使机器人总统能保证投票的准确性，也不能保证行情选择性地不对称地被告知和被宣传。

更何况，哪怕机器人总统确实全心全意地为人民服务，体现人民的意见，总会有对权力和私利有着强烈欲望的人，从来不肯放弃对机器人总统的操纵，通过种种的手段来让机器人总统为已所用，来达到自己才是真正幕后总统的目的。

尤其让人们感到具有讽刺意义的是：机器人总统贝塔当年就是在艾米小姐大力推荐宣传下一手促成推选出来的。

但是，机器人总统相比与肉体的总统，总还是进步一些，至少它本身是没有私心没有权力欲望的。而且国民可以就具体的项目用投票做出每一个人的选择。

机器人总统管理协会程序管理员们的心里不免侥幸：艾米小姐和伍德先生毕竟不是人工智能技术高手，如果他们是技术高手的话，他们可能会在所指向的数据库 table 里掺入一些噪音，让重写的实况数据和结果与被替代项目数据库 table 里的实况数据和结果出现一些随机差异的话，那么要辩别和证明数据被他们操纵就更难了。

还要不要继续让机器人贝塔作总统？

还是回归以往的传统，几年一届来选择一个人而不是机器人来作代表国民意见的总统？

一方面机器人总统没有私心，比肉体的人更公正。

另一方面，机器人总统很容易被人操纵。

如果凯奇不是一个有正义感的程序员而是一个邪恶的程序员，他所能做的坏事控怕能比艾米小姐和伍德先生加在一起还更多吧。

这让人们感到担扰。
所以国民们还将面临一场重要的投票来决定是不是继续起用机器人当总统。

这是一场关系整个国家前途命运，权重为 10 的投票。

也许，2037 年的机器人贝塔将会是该国（也许是全世界）第一届也是最后一届的机器人总统。

也许该国的国民最后还是会投票坚持继续使用机器人总统。

谁知道呢？

作恶的永远是人而不是机器。要防范的也永远是人而不是机器。

只要人的私心永远存在，利益战争将永远继续，权力的粉争永远都不会停止。

以前是通过对谋求更高职位的竟争来实现权力，以后则越来越通过对人工智能操控的更高权限的竟争来实现权力。

在人工智能时代，程序员特别是天才程序员，在这场追名逐利的游戏中，因为常常揭露事实真相，而成为这个时代主持正义，惩恶扬善的英雄。

就象武侠时代的侠客，世人把他们戏称为键盘侠。

但那些天才程序员也因为身怀人工智能时代核心的技术而面临着前所未有的更大的风险。

程序员们面对的早已经不是一个单纯的技术游戏和技术世界。

ZZaga 媒体对凯奇采访的最后，记者问凯奇："那么，是否这也意味着，在这个人工智能的世界，顶级程序员几乎可以做到为所欲为，随心所欲。如果这次不是二个委员会主席，而是一个顶级程序员作恶，就没有人来揭穿这个作恶的过程。这岂不是一件更可怕的事呢？"

艾米小姐和伍德先生只懂一点计算机里数据库的调用皮毛就可以利用自己的最高权限对投票过程和结果进行操纵。而凯奇作为一个天才程序员，即使没有授与最高权限，他也已经可以凭着自己的黑客技术侵入于机器人总统的程序和数据库如入无人之地。

那么一个优秀的天才的程序员如果再授以最高的操作权限，那不是谁都抵挡不了了吗？

这才是最可怕的事。

要是艾米小姐和伍德先生知道他有这等本事，也许根本就不必设计种种陷阱来陷害他，因为这些陷阱根本阻止不了他的入侵。

那些陷阱其实却是适得其反。

凯奇最初是一个很单纯的人，做黑客纯粹只为了兴趣爱好和寄托。

那时，他觉得世界上的人都是好人，尽管他在这个好人世界里找不到朋友，但他的内心却是被光明和善意充满的。

但是这一路来，因为受到种种的陷阱、算计和遭遇，现在的他已经变成认为这世界上只有一半好人，一半坏人。而那一半的好人里没有一个是他的朋友。

这个世界已经把他变得越来越不再是一个单纯正义的人。

他能感觉到自己的内心越来越被黑暗所包围。

他才三十三岁，随着岁月的增长，他会不会蜕变成为一个可以为私利私欲而放弃自己价值观的人？

如果让这样的奇才进入到机器人总统管理协会，岂不是一件很可怕的事？

凯奇想起艾米小姐的话："有时候我们会选择依仗一个天才来解决很难解决的问题，但我们又不得不看清楚这一点：一个天才程序员如果出于邪恶的用心，他很可能给机器人总统带来意想不到的危险，而这个危险往往比一般平庸的程序员所能带来的危险来得可怕，更难以防备。"

虽然艾米小姐本身是个邪恶的人，这句话也不过是她冠冕堂皇的托辞，但是，这一句话却是一针见血，千真万确。

在人工智能时代，顶级程序员们将面临很大的风险。

顶级程序员们也可以让世界面临很大的风险。

凯奇的挑战还在后头，更多的挑战也许是来自于他自身的挑战。

继续做一个正直的人，还是利用自己的天才得到自己所能得到的一切？

会不会，随着年龄增长他的整个内心会被黑暗所充塞？

会不会，他会变成一个愤世疾俗的人，觉得这世界上没有一个好人，除了自己和家人？

会不会，他会变成一个以前他所厌恶的人？

凯奇决定去领养一条狗。

有人说认识的人越多越喜欢狗，但其实反过来，一个喜欢狗的人也不至于变得很坏。

朱朱莉

机器人保镖

一

尽管朱莉的心里弥漫着无奈勉为其难和茫然的情绪，就象一朵浸满了雨水的云不确定地浮在她心头，既可能只是一个阴天，也可能是一个雨天，但她还是把茅文彬送上了飞往中国的飞机。

从机场回来的路上，她的心里已经把自己当作一个离婚人士。

这其实是一种保护她自己的做法，心里认定最坏的那种，但事实却比这个要好那么一点，反倒生出一丝安慰。

虽然也安慰不了多少。

女儿还依仗着父爱，她自己也还眷恋着有家的感觉，女儿的学费昂贵，不容有资金链断裂的危险，这个婚姻依然有它存在的意义。事实上只要女儿还需要茅文彬这个父亲形象在这个家里，只要他还没有出轨或者有第三者，她就可以接受这个婚姻。女儿的感受是她考虑这个婚姻的重中之重。

她现在是四座大山突然压了下来：失业，官司，女儿学费，隐性离婚。

以前她一直不明白人是怎么老下去的。朱莉长得年轻，又瘦，身材比例好，当同龄人已经是中年妇女的模样时，她还是娇小的三十左右的样子。与女儿一起出去，总还有人在知道她们是母女后故作夸张地说："还认为你们是两姐妹呢。"认识的女朋友们则又嫉又奇："怎么偏就你不会老？"

但这一下子，她感到自己的心里老去了何止十岁。不光是心里，年龄也开始爬上了她的脸。满头又浓又密的黑发里也一夜冒出许多白发。

原来，有的人注定是要突然老去的。谁都逃不过岁月，她也不能幸免。一般人可能就慢慢一点一点地经些事，一点一点地老去，而她却是一下子就都经历到了。

有一句话叫"杀不死你的让你更强大"，朱莉觉得其实这句话没有说完整。说完整的话，后半句应该就是："杀不死你的必催你更老。"杀是没被杀死，老却是一定老了。

人在绝境下，反而生出一种绝处逢生的勇气。就象一瓶装满水的瓶子，突然倾倒，抢救过来后，第一件事就是看看还剩下多少水。

她盘点了一下自己剩下的那半瓶水：

手头上虽然现金不多，但除了自住房，中国美国都有房产出租。虽然大多数房产还有贷款，但是中国的房子是早就付清了的。光是把中国的房产卖了，就够女儿读几个大学的了。

没离婚，全家的医疗保险就还可以继续用茅文彬公司提供的，所以不必担心要自买保险和医药费问题。

自住房加上地下室有三百多平米。原来三口之家时觉得刚刚好，甚至还想过换个更大的，现在一个人住则是显得有点空荡，如果资金确实吃紧，可以租出一部分去。她初步打算不到万不得已，就不出租。她不习惯要与陌生人共享房子。但如果没有办法，她也不是不可以将就。

她的性格就是这样，能屈能伸，能享受最好的，也能将就最糟的。

她一路来磕磕绊绊，走的都是曲曲折折的羊肠小道，但唯有在住房方面，一直都住得很舒敞。自小住的房子都比一般人家大。而且因为成绩好，父母为了她读书学习不受打扰，很早就让她一个人独住一间房间了。

健康状况才是最值得考虑的，朱莉有室上性心动过速症。有这种病的人最好不要一人独住，这样一旦发作，可以有人及时送到医院。

这也是朱莉最恨茅文彬的地方，明明知道她的病少不得有人在眼前却还是执意要走。说明这个人真的是很自私的。

"夫妻本是同林鸟，大难临头各自飞"。这大难还未临头呢，他却已独自飞走。

以前茅文彬还经常跟朱莉憧憬等女儿大了，他们一起世界各地到处去玩玩。现在有这个条件了，他却不记得他作的那些承诺了。

但事情既然已经成为现实，就得往好处想。如果是离婚的话岂不是更不会有他在她身边，更不用说一起去玩玩。现在起码他每年还会回来二三趟。

当一切与法定离婚的状态去对比时，心反倒安定下来。

所以把他当作已离婚来看，是一剂镇静剂。知道情况还能更糟，就对自己还拥有的庆幸了起来。

朱莉住得离医院近，如果室上性心过速发作确实要去医院，自己开车去就行了。好在这不是很危险的病，而且是几十年的老毛病了，以前也已经去了好几次医院。

为自己感到凄凉？没用的，不如行动起来为自己为女儿作点打算。

第一重要的事是找到工作。

心里打定了主意，倒也不那么难受了。有什么呢？相比于离婚失业吃官司还要供女儿上私立大学的单亲妈妈们，她至少不用太担心财务问题，这才是很多人面临的最大的问题。

而且只要找到工作，这四座大山中真正的大山就剩下隐性离婚了。

很多人一到大事临头，就会失去主张。但这不是朱莉。

朱莉在一般小事上常常会着急，焦虑，不安，但真的遇到大事了，却反而冷静起来。

只要有需要，朱莉可以比任何人勇敢，比任何人理智。

离开机场回家的路上，朱莉已经理清了事情的轻重缓急。

等想清楚，也已经到家了。打开车库自动门，象平时一样径直开进车库。但一想，自己现在是单身女子了，就又把车倒出来停在了车库外的车道上。

单身女人安全第一。这些警觉性很自然进入朱莉的脑子。

把车停在外面，是让路人知道，房内有人。贼偷方便，知道屋里有人一般就不轻易下手了。

下得车来，听到树上的乌鸦"哑，哑，哑"叫了几声。

朱莉想起以前把父母从中国接到美国来住时，怕平日里讲究迷信的妈妈会犯心病，事先打好预防针："我们这里乌鸦多，所以如果听到乌鸦叫，不要多想。"

没想到平时迷信的妈妈立即说："呀，一直听说乌鸦，还没亲眼看到过乌鸦呢。"

而朱莉爸爸更甚："乌鸦叫有什么可怕的，古代可是把乌鸦叫做太阳鸟。"

为了不让朱莉为他们有所担心，两老都替乌鸦辩护起来。

父母虽然文化不多，但在朱莉心中，却都是很有见识的人，有一种属于街道上的智慧。再加上他们爱得无私，心地善良，面上自都带有一种清朗之气。

这时，朱莉也在心里对自己安慰了一声："有什么啊，乌鸦不就是太阳鸟吗？"后羿射日故事里十个太阳里面每个不都住着一只乌鸦。

虽然朱莉从小家境与邻居们比很是一般，却也是从小被父母宠大的，哪里受过现在这样的委屈。

这么一想，一路来很冷静的她突然鼻子酸了。

一颗泪终于没有掉下来。

对茅文彬来说，他回中国倒是喜事一件。

他终究不是个坏人，心里内疚感是有的，但对新生活的憧憬把内疚推向了一角，至少目前还没有伸出触角来触碰他妨碍他。

女儿成人了，依美式家庭观念来看，他已经尽了父亲的职责。更何况他还会供她上大学，出昂贵的私立大学的学费。他已经比大部分的父亲做得好了。

离婚，他是没勇气离的，至少没有勇气主动提出来。回国已经是他能下的最大决心。何况回国是水到渠成的事。

最初是一个离职在深圳开了自己公司的原同事挖他，给原始股，其实工资反而是少了。他已经向公司辞职，只推说女儿大了，想回国照顾父母。尽管朱莉指出深圳的那家公司是中国公司，他去的话，也意味着她和女儿都要失去美国的医疗保险，再加上中国外汇的限制，到时如何汇钱过来给女儿交学费恐怕也要成为问题。但他那时一心只想回国大展宏图，那些琐事在他听来只觉扰耳。

结果公司不放，给了中国地区总经理的职位，工资却是不变的。而恰恰那时探听出来，茅文彬辞职要去的深圳那家公司很不稳定，还没赢利不说，老板也一手遮天处处计较不好相处，很难有让他自由发挥的余地。正进退两难之际，顺水推盘接受了原公司给的中国地区总经理的新职位。因为辞职时是借口要回国照顾父母的所以也已不可能再回到原公司的总监职位。

箭到弦上，不得不发。

但让他一下子跨出二大步，就超出了他的舒服域。他宁愿一步一步来，以后如果找到合适的对象，而朱莉那时也恰恰想离婚，再离婚也不迟。

他看上去魁梧，气宇轩昂，但他心里知道，其实自己看上去瘦弱的老婆才是真正能扛事的人。这个家庭在几个三叉路口上的决定都是她作出的，而那些决定最后都证明她是正确的。自己家庭比一般从中国移民到美国的家庭状况更好些，得益于她的明智的决定。

只有这次回国，是他自己决定的。

他这人一直运气好，每次都是工作来找他，而不是他找工作。这次也是如此。

美国呆了十几年也呆腻了，现在不回去，再过六七年，就上五十岁了。五十岁是一个职业的分水岭。那时，谁还会请他回去？就更没有回去的可能了，难不成一辈子在美国终老。

再说，不回国的话还有官司等着他。一个在西佛吉尼亚的出租房被租客不小心着火烧了，但租客却把房东告上了法庭。

他一点都不喜欢这些生活中的叉道，官司就是这样的叉道。他顺溜地过了四十几年，突然碰到这个叉道，心里非常不自在。

好在，租房合同是朱莉签的字，官司就得她去面对，这也是没办法的事。而且他回国远走高飞，眼不见为净，也就不可能顾及。

否则要去作证听证要回来听朱莉抱怨什么的总也是够烦的。

他回国之喜还在兴头上，诸如朱莉心脏老毛病之类的事当然都还不在他的思考中。连女儿茅蕤上大学都等不及送。女儿倒也不留恋他，也没送他回国，而是跟着几个朋友旅游去了，显然也不把茅文彬的回国当一回事。

连屋前的草长了，也没给朱莉割最后一次。

还是朱莉于第二天，自已摸索着如何加油，如何把割草机发动了，如何推着割草机走。中间息了几次，停停割割，满头大汗，气喘吁吁，终于把前院后院的草割了。否则小区管理协会就得送警告信到信箱了。

割草期间，右边隔壁邻居马克出来在院子里观察他种的几棵西红柿。隔着栅栏，互相打了一个招呼。

那个邻居是一直来都在打招呼的。朱莉两边邻居，左边那家有点象老死不相往来，搬来八年了，才见过不到十次面。而这个马克则是碰见就打个招呼的。有时朱莉去跑步，碰到马克在溜狗，也会边跑步边微笑着说一声早安什么的。

不过也只限于打打招呼。连他的妻子都没怎么见过。茅文彬与马克聊得更多些，但他也没怎么见过他老婆。有次与茅文彬说起来，他说："马克老婆也是个白人，有一天我看她拿着水抢在冲房子的外墙。"

"哦，你这么一说，我也想起来了，是记得有次他老婆在冲外墙。好象就见过她那么一次，看来他老婆天天都躲在屋里不出来啊。"

"没让你看见而已。我们左边的那个邻居老太太不是到现在才见过她几次吗？"

"那倒也是。"

这些简单的招呼，就是与两边邻居的关系了。

美国人与人之间关系远，这样的邻居关系是很正常的。

二

茅文彬走后二个月内，没想到与左边的邻居反倒很快又联系了好几次，二个月内联系的次数超过了八年来的总和。

事情是由左边邻居家的一棵三四十年高寿的松树由于一场瀑雨的冲刷，根部松了，倒到了朱莉家的屋顶。因为责任划分，联系保险公司，联系伐树公司等事由，不得不让二个邻居在 Email 上联系了一阵，也见面谈了二三次。

等那棵树伐走，清理完，屋顶修好，与左边邻居家的关系又恢复到了以前的样子。

那棵树化了朱莉二个月的时间才搞定。

在那期间，开车把女儿茅菽送到了纽约上大学。

女儿东西多，上大学就象搬一次家。一辆 SUV 车塞得快装不下，连后视镜都被挡住，女儿坐的副驾室的位置都必须往前挪一点，才能搁得下东西。

为了省钱，朱莉当天把茅菽送到学校，整理好她的宿舍，当天就又开回家了，到家都快午夜十二点了。回家只剩下喘气的力气，晚饭也没精力做，就倒头睡了。

让女儿少拿点东西，华盛顿离纽约又不远，四小时的车程，不重要的东西以后慢慢一点点搬运多好。可是一直在顺境中成长的十八岁的孩子哪里体谅得了母亲的劳累和因最近发生的事方方面面承受的压力。

女孩子总要到自己长大了，也当了人家的母亲，才会真正体谅自己的母亲。"不当家不知柴米贵，不养儿不知父母恩"。朱莉自己就是过来人，所以对那一天的到来很有信心。

而且现在朱莉既然把自己当作单亲妈妈，那就更没什么可抱怨的了。

生活中的因果真是让人难以预测。因为在谷底，朱莉倒因此接触了佛法。有时星期天也会去家附近的楞严精舍跟着一群佛教徒和几个女法师一起念念经礼礼佛，在经声和香气萦绕中，她得到了许多安宁。

楞严精舍的静智法师是个很有智慧的人，而且她很入世，不象有些法师给人一种高处不胜寒的感觉。法会完了她还会与公众聊上几句。有时朱莉去精舍刚好碰到育良佛学班的活动，就会见到静智法师满面笑容满心欢喜地看着小朋友们学论语，学佛经，象一个慈祥的老人为小辈的进步感到由衷的喜悦。这一切使得那个精舍有一种安闲自处的自在模样。

送完女儿上学，处理完树的保险赔偿，终于清静下来的一天早晨，当朱莉清理完猫的垃圾，去屋外墙边的垃圾筒倒猫的垃圾时，被正在隔壁院子除草的马克叫住时。

朱莉非常纳闷。因为以前她与马克从来没有聊过什么天。茅文彬与马克聊得比较多，也只是聊些装栅栏修屋顶这类的户外活。

想着是不是又有自己家的树倒到别人家房子上之类的意外发生。一棵树已经把她搞得精疲力竭，千万不要再来一棵树。所以她神情有点紧张地过去问有什么事？

马克用一双说不出什么含义捉摸不定的的眼睛盯着朱莉说："我以后能不能和你一起去散步？"

朱莉起初以为自己没听清楚是散步还是工作（walk 还是 work），以为邻居好心，看她干户外的活累，要帮着干点活。她的朋友圈一个加拿大的单亲妈妈就经常在朋友圈里表扬她那些助人为乐的好邻居，偷偷帮她割个草，除个雪什么的。所以追问了一句。但他确实问的是能否一起去散步。

一阵强烈的厌恶感涌上心头，"他以为他是谁？一个没人把他当回事的五十多岁的白老头，平时笑咪咪的老好人的模样，看到她现在单身了，居然还存着这种占便宜的想法。茅文彬再怎么不济，至少与自己是同龄人，是公司高官。他有什么？要年纪没年纪要前途没前途要品行没品行，却是有一颗贼心。还以为现在还在只要是个白男就有亚裔女买帐的年代呢。"

当下胡乱找了一个借口，但也足够明确地拒绝了他："不，我不喜欢和别人一起散步，我只喜欢一个人散步。"

然后慌乱地逃似地逃回屋里。倒象是她做了什么见不得人的事。

心一阵乱跳。原来，这个马克一直在暗中观察。确定这个房子确实没有男主人了，才起了这贼心。

难怪这几个周末晚上，每次都听他在后院阳台弹着不怎么熟练的吉它。还以为他们这个邻居倒还是挺浪漫的，原来这是弹给她听的。

这么看来，那个以为只看到过一次的老婆自然也不是他老婆了，难怪只看到过一次。

想到这么一个人，每天都在观察自己家里的一举一动。太可怕了。

朱莉审视了一下自己，近来她对他的态度与以往有什么不一样，以至于让他觉得有机可趁。想来想去，与以前没有任何区别，都只是碰到他的时候微笑地打个招呼而已。

"你只是出于对他的一点礼貌，他却认为是你对他有意。"这一想，把朱莉吓死了。散步也从此再不敢去散步，跑步自然也不再去跑步。好在地下室有跑步机，每天都躲在地下室跑跑步，好久不能亲近阳光和大自然，心也变得忧郁起来。

又想起某天半夜分明听得有人按门铃，说不定也是他，更是吓得不行。

为避被他偷窥，朱莉在 Amazon 邮购了几个窗帘，把楼下本来只装了薄纱窗帘的窗都按上了厚窗帘，把太阳房通向后院那儿的门也挂上了窗帘。

还在几个门口贴上 Amazon 买来的警示贴纸："私人领地，二十四小时录像监控中"。

还是觉得不安全。

茅文彬在中国正是蜜月期，亲朋好友重新联络，天天都有饭局，正乐不思蜀呢，所以很少想起朱莉他们来，也很少与朱莉联系。但有天想起朱莉已经好久不在微信里发言了，难得地打了个电话来。各种委屈涌上心头，朱莉在电话那头说着说着竟然哭了。

茅文彬说："这个老头，居然还有这种想法，真是看不出来。要不，你招个女房客吧。有人作个伴还好点，而且还有点房租收入。"

"你就想着这点房租收入。根本不管我的人身安全。"朱莉怒了。"你不就是看不顺眼我没工作吗？我这才失业不到一年，人家天天不工作的，这要在你这儿可真得去自尽了才算干净。"

一下摔了电话。埋着头一顿大哭。茅文彬再打电话过来，也没再接。

结果茅文彬在微信里道了歉："老婆，是我错了，不该提房租的事。不行你就装个 ADT 吧，每个月一百美金服务费，我们出得起，不是什么大事，安全更重要。"

他总究不是一个坏人。

朱莉回头想想，装 ADT 还不如招个女房客。ADT 是防盗贼的，不是防邻居的。但招租广告贴出去，寻上门来的几个人看着没有一个显得靠谱的。可能是因为内心先生了抗拒，不想有生人住进来，所以见人都觉得面目可憎。而且朱莉又顾虑地想到，如果招到个不好的女房客，那不是更是招贼入室。再想到打官司的那个出租房就是因为女房客没遵守合同，私自使用壁炉不当烧掉的房子，当下更失去了招女房客的信心。

这期间，官司正式开庭。朱莉对打官司根本没有经验，高价请了一个律师，还什么都没做呢，已经发过来二千多美元的律师费帐单。这年头，律师跟抢钱的强盗也没啥区别了吧。这样下去，官司还没打完，一个房子的钱先打出去了。当机立断，把律师辞了。

反倒是女房客因为属于低收入人群，吃国家福利，还可以用免费的律师，又加上女房客会演苦情戏，在法庭上当场又是哭又是闹，诉说自己的各种惨状，倒好象不是她烧了朱莉的房子，而是朱莉烧了她的房子似的，引得陪审团一片同情。结果房子虽然是被房客烧掉的，却是朱莉败诉了，要赔房客四万五千美元。

房子本是经济危机时用很低价买来的银行拍卖房，还来不及买保险，烧掉后卖地所得的钱就抵了买价的八九分，所以房子本身的损失不大。但如要再加上四五万美元的赔偿款，却大大超出了她可承受范围。

受官司失利的挫折，朱莉对招女房客的事越发消极起来。茅蕤冬假也回来了。招女房客的事彻底停了下来。

叛逆是青春的同名词。青春期的女儿没少和朱莉对着干。这次回家，也没见比以往成熟多少。家里有了她倒象起家来，终于有了点人气。

茅蕤知道家里的状况了，一天与朱莉谈起官司，担心官司的败诉会不会影响了她上学的事。女儿还没成熟到推己及人，只担心自己的学费，未思及朱莉的忧虑。

尽管朱莉自己已经忧郁了好多天，但传递给茅蕤的还是正面的信息。

"我们这代人太幸运了，赶上中国发展最快的时期，没经历过战争没经历过运动，没面临过连饭也吃不饱很贫穷的生活，所以经历一些小小的挫折反倒是好事。而且这个官司往好了去想想，也是运气呢。那个租客有好几个小孩，一个还只有三四岁，人都没事，就比什么都强。否则要是那怕有一个人在那场大火中出事，即使官司让我胜诉，我也一辈子都要内疚的呢。"

说完自己先打了个寒战，后怕起来。

"也是啊。这么一想运气还真是不错。"茅蕤深表赞同。茅蕤虽然叛逆，底子里却是很善良的一个人。平时连死一条小鱼都要哭一场，出人命绝对是天大的事。

两人都在官司败诉中看到了好的那一面。原来再灰败的事情里面也自带有那么一抹亮色。

因为这场大火，因为茅文彬回国，朱莉与女儿关系却亲近起来。

也是一种因祸得福吧。

帮茅蕤约了考驾照的日期，接下来的几天专心带她练车，上次考驾照倒车泊车没考好，这次在网上买了专门练车的路障，每天带她去练一小时。

考驾照的日期到了。

茅蕤第一次考得稀里糊涂没过，这第二次就难免心情紧张。不免为自己找起借口来："这个考点据说最难考了。Jason 说他是在 Frederick 那边考过的，Emily 是在 Silver Spring 那边考的，　Micheal 是在 Hagerstown 考的。"一番数过来，她的朋友居然都是在别处考过的。

"你爸爸和我都是在这个考点考过的呀。不过，你那个施然阿姨，她倒是在 Virginia 考的，因为 Virginia 不考平行泊车，好考。好，这次既然已经来了，就认真考好这一次，如果这次没过，我们也去 Frederick 考。Frederick 我熟，我们还有二个出租房在那儿呢。"朱莉安慰她。

在漫长的等待过程中，两人杂七杂八地聊些身边的事。又聊到了官司。上次两人在败诉中看到了好的那面，这次却又开始盘点自己的损失。"你官司败诉了，那钱怎么办？很多钱呢。"四五万对孩子来说很大一笔数了。倒是不想想她每年的学杂费生活费加一起是这个数的二倍呢。

不过这二种钱确实不一样，官司的钱是损失。学杂费的钱是投资。

"我上诉了。不行就卖房呗。现在这个房子对我太大了，你上大学了我们也不再需要学区房。换个小点的便宜一点的房子挺好的。"朱莉想到卖房可以摆脱邻居老头不怀好意的猥琐脸，倒也不全是坏事。

茅蕤不舍自己的家：“不是中国还有房子吗？反正那个房子我们也不会去住了，卖那个房子好了。”

看得出来女儿舍不得自己的家，又不好跟她说邻居的事。

于是朱莉说：“其实只要我找到工作，那官司的钱就是小钱，中国的房子也不用卖。”

“能找到工作吗？”女儿满怀希望。这关系到能否保住她的房子。

“当然能，就象你考驾驶证，多考几次就通过了。找工作也一样的，坚持坚持，多找几次总能找到的。”尽管朱莉心里没底，最近的工作市场不好，但还是在茅蕤面前显得很有信心的样子。

茅蕤这下放心了，信任地把头靠向朱莉。考驾照的紧张也放松下来。

朱莉也当下下定了决心，一定要尽快找到工作。即使只是为了给女儿一个坚持的正面典范，也是意义非凡。

女儿去考驾照了。朱莉患得患失地紧张着，既盼她早点回来，但又怕她回来得太早。上次她就很快在考官的陪同下回来了，一看就知道肯定没过。考的时间越长，说明考过的可能性越大。

女儿终于带着笑脸回来了。“我过了！”

一颗心放了下来。

"恭喜恭喜！好啊，我们一家三口都是在这个最难考的考点考到的驾照。"朱莉自豪地说。

人生的一小步，也是未来的一大步。

我们必须一路上迈过这些坑坑洼洼，跨过这些路障，才能继续往前走。

积累小成功，才能达到人生的大成功。

这是茅蕤人生的一大胜利。而且也让她掌握了暂时的失败并不可怕，坚持一下就能走过去这么一个价值非凡的生活经验。

在帮助女儿的同时，朱莉也巩固着自己的人生经验。

让女儿从考点开车回家后，第一件事是在车险中加入了女儿的名字。

"恭喜，你从此正式独立了。"朱莉喜悦地看着女儿。作为母亲的职责又可卸下一件了。

茅蕤已经给茅文彬发了她的喜讯。

茅文彬高兴的同时也有点寂寥的意味。

送女儿上学，教女儿学车，送女儿考驾照，这些本来应该是父亲的职责，但他都没能参与。

三

茅蕤过完寒假又去上学了。

朱莉又恢复了她的单身生活。

朱莉每天把自己关在房里，刷面试题，接电话面试。

家户活比以前少多了，但又添加了原来是茅文彬干的活：割草，修整灌木，清理院子，汽车维修，出租房管理等。

朱莉以为她是不怕寂寞的，但寂寞的可怕出乎她的意料。有时候她有一种被整个世界抛弃了的感觉。白天还好，忙着改简历，投简历，面试，找工作。有事做，时间容易打发。一到晚上，那种孤独感如海水般卷过来，把她抛弃在一个荒无人烟的小岛，感觉不到世界的善意，静得让人发疯。特别是月圆的日子，月光从窗口照过来，仿佛她正处在一个外星球。

原来人类确实需要伴侣呢。每当这时候，她总会想，要不就与茅文彬正式离婚算了，再找一个合适的男伴，至少不会那么寂寞。

但每次茅文彬问朱莉过得怎么样时，她却只是说挺好的。她不要让他看到她的软弱。

为了减少寂寞，她甚至把家里重新装修了一遍。

但事情悄悄地起着变化，就象过了冬天的草悄悄地变绿。

寂寞的侵害作用正在逐渐减弱。而属于朱莉的胜利也终于来了。

找工作的意愿和决心如此强烈，命运决定让步了。

经过几次的碰壁，终于面试成功。而且还是一家站在科技发展前沿很有发展前途的公司，叫 AII（Automated Intelligence Inc 自动智能公司）。给她的待遇也是前所未有的好。

AII 人事部经理安娜来问什么时候可以入职，朱莉忍住第二天就可入职的诱惑，说："二个星期以后。"

留二个星期给旧公司是很职业的做法，不能让新公司知道她等着用钱，迫不及待地等着这份工作。

新公司是一家机器人研发公司。

那家公司其中一个主打产品是宠物自动喂食机器，手机 App 可以设置何时喂食，量多少等参数。朱莉的工作则是宠物自动喂食机器操控 App 的界面开发，职位为高级前端工程师。

整个宠物自动喂食 App 是用网页开发技术 JavaScript, html5, CSS3, bootstrap, jQuery, JavaScript libraries 如 Node.JS 等开发而成，用 Angular 做架构。然后通过 Electron 开发跨平台桌面应用，提供所见即所得的桌面窗口。

开工的第一天，是 Orientation：入职，办手续，拍入职照，办安全卡，领电脑，与直接领导见面，与同组同事见面，人事部带着参观各个部门等一系列的活动。

"来，我带你来看看我们的新产品。"安娜已经领着朱莉差不多参观完了公司的各个部门，这时，她带着朱莉走进了一间很大的房间。

要不是安娜已经提醒过是新产品，要不是屋里一个个西装笔挺面貌均异的男士一个个都沉默无语还未启动，朱莉会以为进了她们公司的投资发展部门。

"这是产品？"分明是一个个真人呢。

"没想到吧。"安娜得意地说。"准确地说，是未成品。我们还在作测试。"

"你运气真好，我们公司刚提供一个员工福利，高级工程师级别及以上的程序员可以领到一个我们的新产品回家，前提是编程能力强，会 debug，因为这些产品将要进入实景测试阶段，所以一旦有 bug，得要立即报告公司，最好自己就有能力能分析出哪里出了问题，以避免进一步重大事故发生。优化数据库也是职责之内。你虽然是做前端的，但现在前端技术都已经通用到后端开发，前端技术现在反而比后端技术发展更快更有前途了。而且你的级别也刚好附合要求。只要你能和机器人呆足一年，那么如果你到时还在我们公司工作的话，那个机器人你想留下就可以留下来。要知道我们预定的成品售价是五十万美元起步。"

"这类机器人是干什么的？"

"什么都能干，目前可以选择四个设定：管家，保镖，情人，丈夫。每个设定内核都是差不多的，但软件功能方面有所侧重。比如管家主要侧重于家务统筹方面，保镖主要侧重于安全方面，情人主要侧重于情感方面，丈夫则是管家，保镖，情人的功能都皆有之，但每项都是最低级别的，又额外多一点家庭责任感功能。"

"有没有超人设定？"朱莉开玩笑，"把管家，保镖，情人，丈夫等身份都集合一起就是超人了，软件上应该不难实现，既然我们公司都现成有各种模块，只要把各个模块整合起来即可。"

"你的想象力还挺丰富，但是我们已经进行市场分析了，这款目前不会受市场欢迎。不过我私心里想，这可能是因为我们市场部里男性占多数的缘故，你想想哪个男人需要一个机器人超人在家里把他们的性能全比下去。我个人觉得这种超人款式在单亲家庭，单身家庭，没有男人的家庭一定会走俏的。但能不能买得起就又是一说了，一个管家，保镖的身份就得五十万美元起，那超人身份还不得上百万美元。能负担得起的需众应该很少，更何况单亲家庭一般比双亲家庭更容易有经济问题。"

安娜有本事把一件工作，说成福利。

这种要与人打交道的机器人，自然必须经过长时间的实景测试，还有什么比高级工程师这免费实景测试人员更好的呢。会编程会 debug 又免费提供劳动力，但被公司美名其曰成福利，还要一年后才能拥有，却又拿五十万美元的预售价来诱惑。五十万预售价，成本价应该不会超过八万。提供的却是免费 debug，免费实景测试，以及可能有的意想不到的风险。

好精明的公司。难怪才成立不到五年就已经有这么好的发展。

安娜说到保镖二字时，朱莉的脑海里出现了邻居老头脏脏的脸。有了保镖，不用出租房子，不用受马克的骚扰，不用再怕单身一人，有病了也有人送去医院，寂寞时还有人陪着聊天。还有什么比这种礼物对目前的她更好的呢。

这个公司真是进得太及时了。

一定是上帝对她的遭遇看不过去了，才要送这个礼物给她的。

当下决定要领一个保镖回家。

"有亚州脸的吗？"朱莉问，"我想要一个亚洲脸的保镖身份机器人。"

"有的，喏，那几个就是。亚州市场是我们第二看重的市场，肯定有的。你又是亚州人，太好了，有你做实景测试是最好不过了。"

于是，朱莉领了一个高高的，二十六七岁模样的亚州脸保镖回家，倒是有一点象朱莉的初恋，而且一有情绪，生气起来，脸鼓鼓的，也象初恋的样子。

朱莉的初恋姓包，朱莉于是给机器人保镖取了一个名字叫包子。把他的语言自然设成中文。

四

带包子回家的第一天，就叫包子去把后院的草割了。目的是让隔壁的老头知道，家里有男人了，以后休想再动那些脏念头。

"我不是管家，我是保镖，我不干这活。"包子居然鼓着包子脸，反抗起来。

"割草当然是保镖的职责，保镖是保护主人的人身安全的，你想想主人亲自割草，要冒多少风险啊。蚊叮虫咬，太阳毒辣，过敏，摔跤，累病，还有隔壁的坏老头。"

"听不懂你说的话，割草怎么还会有隔壁坏老头这种风险呢。"

"怎么，连防火防盗防邻居这些最基本风险都不知道？好了，现在你把你割草中的风险范围扩大吧，把这个防邻居也加入到割草风险数据库中去。"

"好吧，这真是奇特的要求。"包子眼睛翻了几翻白眼，原来这就是更新数据库了。朱莉只觉得好笑。

"我不能穿西装去割草。"包子又有新异议。

"穿西装割草才酷呢。"朱莉才不想给他找茅文彬的衣服呢，茅文彬尺码比包子大一号，再说，大部分的衣物茅文彬已经带到中国。更不想把他衣服脱掉，面对他的一堆仿人皮橡胶，钢筋铁骨，电路板真身来。"把这点也在数据库里更新了：穿西装割草最酷了。"

"好吧，这真是奇特的要求。"包子又翻了几翻白眼。

几翻异议后，包子终于穿着西装去割草了。

朱莉从后窗掀开窗帘一角，看到隔壁老头果然听到动静假装来给花浇水，出来观察朱莉院子里的状况了。

朱莉幸灾乐祸地想："好了，从此面对着年轻鲜活的脸面壁自卑去吧。"索性把窗帘也拉开了。

"现在谁怕谁啊。"朱莉心里说。

隔壁马克显然受到了很大的刺激，浇了一下水，就回屋去了。

初战告捷。

国内的房子保住了，生计不愁了，学费也不是事了。官司败诉虽然咽不下这口气已经上诉，但官司归根结底还是是钱财问题，有了工作，也损失得起那些钱财。再说，钱财是身外之物，终是小事。

再加上现在有了包子这个保镖，安全问题也不是事了，还多了一个劳动力。

没事与包子绊绊嘴，无理取闹一番，最后都以包子的屈服而告终。与机器人斗其乐无穷，寂寞又变得象空气一样不去想它就感觉不到它的存在了。

没想到找工成功之举，就一下化解了四座大山。

女子当自强。

朱莉终于感觉自己已经从谷底慢慢地爬了出来，至于还能往上爬多高，就看她接下来的际遇了。

有了保镖，朱莉如虎添翼。

上法庭，有他坐在旁听席壮胆而从容淡定不少。而不是象以前，每次接到法院信件还未打开看就已经脸色大变，心情败落。每次一个人战战兢兢开车去法院开听证会都要鼓起巨大的勇气。别人都有亲人陪着，最不济也有律师陪着，只有她形单影只。

去聚会有包子陪同一起去，而不是象以前想想自己孤家寡人的也就算了。

晚上，有包子彻夜值班看守，每天睡得很熟。而不必把几个灯设上自动控制，一到设定亮灯的时间自动亮灯，一到设定熄灯的时间自动熄灯，以给人以家里有人活动的假象。电视也不必每天到一定时候就自动打开，制造一些声音。而且现在每晚不用播虫鸣声也能安然入睡了。

去外面跑步，也有"人"陪跑。马克现在是自惭形秽，在溜狗时，看到朱莉和保镖跑了过来，就连忙低下头去匆匆从岔道上离开了。

生病了，有保镖开车送去医院，并在旁边守候。

有了保镖，有了工作，朱莉不再感到寂寞的可怕和单身的不安全。茅文彬已经完全不需要了。

她已经很少想起他。

倒是茅文彬看她现在很少联系他，开始着起急来。一直催促她回中国去看他。

但她推说刚重新工作，头一年年假少，家里又有猫要照顾而迟迟不去。

她到现在才真正享受单身的快乐。才不要回去维持名存实亡的婚姻呢。

世界各国现在都在开展机器人开发竞赛，但是外表看完全象人的机器人，就只有朱莉工作的 AII 公司的那几十个，而且还是试用产品。

即使以后投产，五十万美金的价格也注定只有少部分人才能拥有他们。

所以没有人意识到跟在朱莉身边的包子是个机器人。

但也带来一点尴尬：如何解释包子的身份。

美国人一般不会问直接问她：他是谁。所以朱莉就任由他们自己想象。比如邻居马克，一定是把包子想象成她的新男朋友了，这倒刚好中她下怀。但总有一些人会出于好奇直接问她的，特别是以前有交往的一些中年妇女，她们都是一些很有八卦之心的人，且都知道茅文彬是她丈夫，当然很关心包子到底是怎么回事。朱莉已经打定主意把他介绍成自己的外甥，是姐姐的孩子，来美国找保镖工作。

包子来了后一直工作得很尽职，让朱莉觉得 AII 公司确实卧虎藏龙，硬件和软件都已经尽善尽美。这么几个月来，还没发现包子有什么大 bug，已经是相当成熟的产品了。

但事情往往当你对它越来越放心时，裂缝出现了。

五

华盛顿地区的房地产投资俱乐部圣诞前聚会。

中国人向来喜欢投资房地产，而且在上次经济危机时期，由于大规模失业，房价沉入水底，而华人因为大多干技术性的工作反很少受经济危机的影响，再加上华人喜欢存钱，于是在那个千载难逢的房价低点，好些有头脑的华人以很低价买进了一些房地产作投资而大有所获。

这个投资俱乐部是由一个在经济危机时期作房产投资开发起家的叫陈乐的华人发起，也渐渐形成了一个以华人占多数的圈子。倒也有相当一部分其它族群的人。

因为朱莉手上也有几个出租房，也收到了邀请信。

朱莉很少参加这种大部分人都是陌生人的活动，精心化一二个小时妆把自己打扮得美美的，去一个陌生的地方与几个陌生的人聊聊天，回来后都已经不记得聊过的内容，聊天的人。有什么意思？但由于最近心情好，再加上确实好久未外出了，所以答应参加。

当晚的衣着规定为正装，所以少不得置衣打扮。

第一次穿红色的长袖晚礼服裙，再加上四座大山清除后，心情愉快，朱莉又年轻回来了，看上去很显漂亮。朱莉的皮肤发暗，很挑衣服颜色，但穿红色总是很显好看，对她来说是保险色。红色裙子外面套上一件式样简单的黑色昵大衣，整体看起来清爽简约文雅。

保镖一身西装，朱莉一身晚礼服去华盛顿的一家也是陈乐开发的叫皇御大酒店参加圣诞聚会去了。

施然是朱莉在投资俱乐部认识的好心肠的姐妹，知道茅文彬回国工作的状况，竭力邀请。她说这次会有几个身价上亿的人参加，好好认识一个，把茅文彬甩了。"何必让茅文彬事事称心，而你却要什么都独自承受。你又不是没人爱。再说，你们已经事实分居，离婚还不就是顺利成章的事。"

朱莉的想法却是与施然不同。

朱莉现在有房，有车，显年轻，有工作，有安全，有自由，从一个婚姻中脱壳出来，而且那壳还随时等着她回去，还是有家的人那种可进可退安适安定的心态。这是人生最好的状态呢。怎么可能放弃目前的状态，从一个壳出来再去适应另一个壳。亿万富翁又如何？亿万富翁除了比她多一些钱又多了什么？再说她现在又不缺钱。

但亿万富翁们的想法却不是那样的。

他们的年龄无论如何增加，那怕已经垂垂老矣，只要依然拥有着财富，身边二十芳龄的女郎都可以说换就换的，怎么可能相信一个半老徐娘居然会有看不上他们的想法。在他们眼里，富就是魅力所在，就是最强的春剂。

可能无求品自高吧，反而显得她卓尔不群，出类拔萃。也反而更引人注目。

五十多岁的陈乐就是其中注目她的一个。这个从小经历过极度贫穷的人，现在发达了，时时在等待时机换了糟糠之妻。已经好几次暗示朱莉他对她有意。朱莉只作心智愚钝状没能领会他的意思。朱莉知道华人含蓄，陈乐又胆小，

大胆的追求是不敢的，不会象隔壁老头那样没有自知之明
捅破窗户纸最后给她难堪。

朱莉看不上胆小的人，但胆小的人也自有好处，就是总会
给他们自己留下那点转旋的空间。他们每次作出前进状也
总象是后退状。你以为他是要前进，他说自己事实上是想
后退。你以为他想后退，他却说自己事实是想前进。他们
的态度总是模棱两可，支支吾吾，含糊不清。但同时，也
等于给她留下了转旋的空间。

但这世界总不缺没有自知之明感觉良好的人吧。

这不，就有这么一个人前来搭讪。有六十多岁了。身边还
跟着一个妙龄女郎。自我介绍他叫皮特，单身，身价上亿
是小有点名气的房产开发商，旁边那位女郎是他临时认识
的女伴。

如此开门见山，如此直白。唯恐朱莉不知他富，不知他
Available（可得到）。

朱莉知道轻易摆脱不了眼前来纠缠的这个人。也不想主动
把包子介绍为男朋友，第一，她不喜欢对一个自己不喜欢
的人撒谎，撒谎总要涉及到一点内心的愧疚，对一个不喜
欢的人动用这种愧疚成本太高。第二，施然一直认为包子
是她的外甥，在国内在一家叫安徽保镖公司里作保镖工作
的，现在想来华盛顿找个工作，暂时住在她的家里。她也
不想让包子的身份有二个版本。所以只作沉吟不答。

皮特说："朱小姐，我自认见过的美女无数，但从来没有
见过象你这么气质高雅，清新脱俗的。你对我来说就象一
个东方之谜，引人入胜。"

朱莉还未开口，包子前来干预："请你和朱莉保持一定距离。"

皮特听不懂包子的中文，但也大概猜到他在说什么，却只是轻蔑地看了他一眼："小年轻，你离朱莉远点，象你这样的人年薪最多不会超过六位数，最好有点自知之明。趁早滚蛋，别耽搁了朱莉的大好前途。"

说完一把抓过朱莉的手，并用他的老脸强行贴上她的脸亲吻起来，朱莉脸色大变，只差给他一个巴掌。但无奈两手却紧紧被他握在手里。

正不知如何开脱，包子一个铁拳已经把皮特打翻在地。听到一身闷脆声，皮特牙齿掉落，血流一地，颌骨已断。

皮特已老，再加上现在血污满脸，横七竖八地倒在地上，整个人惨不忍睹。

这下闯下大祸了，要不是皮特坚持不让叫警察，都不知如何收场。又如何在警察面前介绍包子的身份。

众人在陈乐的指挥下叫来救护车七手八脚地把皮特送上了救护车，那个芳龄女郎已经不见了。

施然叫朱莉带包子赶快走。"有事我会应付的。"施然说。

朱莉只怕是要陪钱，一个官司还未完，又要惹上一个官司破钱消灾。真是一波未平，一波又起。

朱莉不缺钱，但她也不多钱，手头上的钱只能管她平平安安地过个小日子，却是经不起这样那样的折腾。

眼看才好过的日子又要生变。朱莉很是懊恼。又不好责备包子，他只是忠于职责而已。所以不免自我责备，为什么要去参加这等无聊的聚会。不免长叹小嘘起来。

还好，事情又有所转折。皮特方一点都没有要朱莉陪偿的意思。甚至还让施然带来口信，一定不要朱莉去医院露面探望。

施然代表朱莉去看了几次，回来汇报说："朱莉，那次聚会差点把你坑了，你知道他为什么不让报警？唉，现在才知道他是有家室的人。他这样到处寻花问柳，瞒着他的老婆，一旦报警，那个女朋友倒是可以随便解释成临时认识的，如何向警察解释你和包子却是难了。而且他老婆娘家还是他最初作房地产开发的天使投资人，不好惹，所以他才选择不报警。"

"这种人，那么大胆妄为，一看就是有老婆管着想偷吃又吃不饱的猥琐人，要真的是单身，身边怎会少得了女伴，反倒不会象他这样心急。"朱莉却对他有老婆的事感到并不意外。

"我去医院探望他时，见到他老婆了。他老婆肥得呀有皮特两个人那么大。皮特这么大年纪了，他老婆还当着我的面把皮特训得象孙子似的，而且夸夸其谈自己娘家在皮特发家史中所起的巨大作用。皮特自甘下流，也是自作自受。哎，看来这些富人们也不见得有什么好日子过呢。还不如我们小日子过得自在。而且这次可能他脑子也被包子打坏了，私底下还和我说，朱莉的那个男伴不是真人，他的手不是血肉做的，而是钢铁。你说，他是不是脑子也被打糊涂了。"

这次意外，让朱莉差点失去包子，因为公司规定如果有重大意外发生，机器人就得回收。幸好皮特没报警，但不可能保证下次再碰到类似的事能轻易摆脱。

朱莉从此聚会不再带包子外出。

但包子却很坚持一定要跟着外出，说这是他的职责。

和机器人讲理是没用的。

朱莉终于明白死心眼为何物。保护主人安全是他们的第一要务，这点绝对说不服他。

没办法的时候，朱莉只好卸下他的电池。这是他们的心脏。但他们总还有一点自身带着的备用电，还能用上十分钟，以备在危机时刻电池一旦没电，也仍然有十分钟的应急时间。那十分钟足以让主人脱离生死境地。

所以朱莉一旦卸下包子的电池，总要等足十分钟才能出门，这十分钟里只能一直听他唠叨："朱莉，你这样做是很危险的！""朱莉，你这样做是很危险的！"

朱莉突然被感动了，泪水涌出。

这世上，只有他一个机器人这样关心着她的安危。为人母为人妻以后，一直把自己当作钢铁战士，双眼望去，都是需要照顾的人，哪里还有人记得她自己也曾是一个不谙世事的女孩子，也经常内心脆弱，也有需要人安慰的时候。

六

二月二十六日，早春的一个周六，是朱莉的生日。虽然朱莉的生日很好记，与大文学家雨果的生日是同一天，但除了包子在一大早祝了朱莉生日快乐，谁都不曾记起这天是她的生日。

父母只记得她的农历生日，已经在两天前打来过电话。茅蕤正忙着准备春假前的考试，心里肯定只有她的考试。朋友们都不记得她的生日，这倒也公平，毕竟朱莉也不记得她们的生日，只有当她们在朋友圈里给自己庆祝生日时才跟着点个赞，说一声生日快乐。

毕竟没有谁在别人的生命里会比他们自己更重要。那怕对方贵为帝王，自己低如蝼蚁，也比不上自己的生命珍贵。

茅文彬却也不记得她的生日。平时不记得，她不觉得意外，他的心里向来只有他自己。但自从他回国后，因为心里的那一点点愧疚，他对她的节日问候可是比平时勤快多了。情人节才刚刚收到他送的花。他不会不知道，朱莉的生日就在情人节过后不久。

然后，朱莉也没什么不高兴的。一个人要不高兴总是因为期待落空。如果你已经不存在期待时，那就没有什么可不高兴的了。她也早不恨他了，有爱才会恨，不爱了恨也就跟着消失。

不如自己给自己好好过过生日。

与包子一起去商场购买了蛋糕，花，准备回家与包子和猫一起庆祝一下就算过生日了。

回家路上经过楞严精舍，突然惆怅地发觉她最近很少去楞严精舍了。

最近顺，就忘了宗教了。

当人们过得不顺的时候，人们自己的力量不够，很多人就会求助于宗教给予更多的承受力。而当过得很顺的时候，人们却又觉得仅靠自己的力量就可以过关斩将，渡过一切难关。

宗教有时也是任人打扮的小姑娘呢。

这么一想，羞愧心起。

打定主意要进去跟着念念经礼礼佛。

包子怎么办？看了看表，再过半小时，法会就要结束。如果先把他送到家，又卸下包子的电源，再等十分钟等他电源耗尽再过来，楞严精舍就已经关门了。但带着看上去显得比自己小很多的包子去礼佛，却好象是对佛祖和法师们不尊重。又怕他在庄严的佛堂不知会做出什么意外举动，上次聚会上发生的事尚让朱莉心有余悸。

原来，包子有时也是个累赘呢。

"包子，你这个时候真是个累赘呢。"

"包子怎么会是累赘？包子是保护你的。"

"我要去礼佛了，礼佛你知道吗？这种地方不适合你出现的。"

“不行，我必须一直在你身边。”

“那我只好卸下你的电源了。”

“朱莉，你这样做很危险呢！”“朱莉，你这样做很危险呢！”包子又开始念叨。

朱莉把他的声音调小一点，任由他在那里念叨。保险起见，把他锁在方向盘上。就走了。

走进门，异样地感到通向佛堂的门那边没有念经的声音传来。可能刚好大家都在静坐。朱莉边想，边换鞋子。

注意力正在换鞋子上，通向佛堂的门不知什么时候开了，突然一只手抓住朱莉，猛力把她往佛堂里拖：“哈哈，好啊，又来一个陪葬的。”

朱莉惊疑之间发觉佛堂已经变成寂静之地，拖她的人手里拿着一把机关枪，人群中的人们个个神情慌乱，魂不附首，却都没有说话。危险临头，知道说话也没用，反而沉默得慌。倒是静智法师虽然也未发一言，却是神态自若。

朱莉待要挣扎着出去叫包子，已经没有机会了，被那个凶徒抓着往人群里推，“都到一堆儿去吧。”

静智法师这时说话了：“施主，你放过他们吧，他们都是无辜之人。你的故事我们都听到了，你不就是恋爱失败想自杀又想找人陪着吗。恋爱失败又不是世界末日，这个精舍就有很多人是因为失恋来加入我们精舍法会的. 如果你能放下屠刀，你也可以成为我们精舍的一员啊。怨怨相报何时了。你又何必欠下那么多的血债。”

"一个都不放过！"那人狂叫，长长的茂密的胡子乱颤。"世界上的人都是坏人，坏人，没有一个好的！我得不到爱，就要你们也都得不到。凭什么我只有死路一条，而你们却能好好活着。现在看你们的佛祖如何保佑你们吧。"

"包子！"朱莉使出她最大的声音大声呼他，却忘了这个佛堂隔音很好。

"小姐，这么危险的时刻，你却还惦记着包子。小姐不是常人呐。"一个秃顶的六十多岁的佛教徒这时小声在她旁边嘀咕。

看来还真有不怕死的。

如果世界上真有一件后悔药，朱莉最后悔的事，是把包子锁在车内。

就在朱莉绝望的时候，只见包子已经飞奔而来，仿佛一个大神，挡在了朱莉前面，他的仿人皮的手皮肤已破，露出金属的骨头。原来，他用他装有金钢石的手摧毁了锁住他的方向盘，也摧毁了车子的门。

"包子的第一职责是保护朱莉。"包子一边挡到朱莉面前，一边说。

"原来是这个包子。"那个秃顶男子身处危险，却还不忘真相大白后的释然。

"大家都躲到我的身后。包子是我的机器人保镖，只要躲到我身后就没事了。"朱莉顾不得那个秃顶男子的唠叨，一把把静智法师拉到自己身后，一边大声指挥。

人群中象一秒内就明白了发生什么事。忽地一下，都排成整齐一队列，躲到包子和朱莉的后面去了。那个秃顶的男子更是比谁都身手敏捷，一下就躲在静智法师后面，还用手死死抓住了她的袈裟。

危险面前，人人智慧大开，趋吉避凶，原是本能所在。

不过人们的行动也激怒了凶徒，他的故事已经讲完，正想着什么时候动手呢，这时他的机枪开始扫过来。

子弹都从包子身上反弹回去。保镖的身子是防弹的。包子甚至还能左右开弓，抓住射过来的子弹。

人群明白了，包子根本不怕子弹。

人群中就有胆大的人开始嘲讽凶徒："子弹橡皮做的？""玩具枪？""还有几颗子弹，别都打没了，你不是要自杀吗？至少要留一颗给自己。"

只有朱莉知道危险没有扫除，因为包子身上只有十分钟的备用时间。"包子，赶快打电话叫警察。"

佛堂内禁止用手机，大家都是很自觉地把手机都放在车内的。

"不，打电话叫警察不是我的职责。保护你才是我的职责，我的时间不多了，现在我要把你带走了。"包子一边挡着子弹，一边一把抓过朱莉，就要把朱莉带走。十分钟备用时间内，保证主人安全脱身是保镖现在的最大任务。

"放下我。听我命令才是你的首位职责。我要你把我留在这儿。赶快打电话报警。"包子犹豫了。二个首要职责冲

突了。程序设计的时候，并没有想到听主人的命令和保护
她会是冲突的。二个都是优先级，却在不同的数据库里。
不知该调用哪一个？

静智法师这时说话了："施主，你就让你的保镖救你走吧
。生死皆有定数，佛祖的安排自有他的道理。"

"小姐，不要走，救人一命胜造七级浮屠呢。"众人则是
苦苦哀求。本来是生死无望了的，现在有了一根稻草，自
然要苦苦抓住。

朱莉本来也很害怕，生死关头，谁不把自己的性命放在第
一位。但静智法师的镇定态度，众人的期待却又使她沉着
起来。"包子，把听主人命令的职责放在第一位，把保护
主人放在第二位。更新你的数据库吧。"会有什么后果呢
？现在只能走一步算一步，听天由命了。

没想到在自己的生日会有这种际遇。

真是人算不如天算，再怎么算都算不到在佛堂清静之地会
有如此凶险的事情发生。

"好吧，这真是奇特的要求。"包子翻了翻白眼。随后拨
出了报警的电话。

至少等包子电源耗尽，已经有了后备方案，只希望警察出
警能快点。但现在却是一秒钟都等不了。

等拨完警察电话，朱莉赶快说："包子，现在把保护主人
放在第一位。更新你的数据库吧。"

"好吧。"包子翻了翻白眼。这次没有说"这真是奇特的

要求”那句话。

包子的警视灯亮起，只剩最后三十秒钟了。而警察却还未到来。

大家忽地心里都明白了。都绝望了。

凶徒也看出来了。

一阵狂笑："那我就索性再等几秒钟再开枪。让你们在我还活着的时候多陪我几秒钟，死后你们可是要一直陪着我的了。"索性拿出一支烟抽了起来。

"朱莉，你只要抱住我就没事，我的身体是防弹的。"包子给予了最后的安慰后没电了。

众人明白了，包子即使没电，还能保护朱莉一个人，但却很难保护他们了。

每个人都尽力把自己身体往中间缩，缩得小一点，再小一点，矮一点，再矮一点，不要露出大块面积来而被机枪打中。

胖的人心里比谁都绝望，高的人还能蹲下去，不露出头来，胖的人却无论如何都做不到不把身体露出一点来。

凶徒已经举起了枪。谁会是第一个倒在枪下的人呢？

无常降落，恐惧使得所有人的心脏都缩紧了。空气中似乎听见了尖锐的掺人的呼啸声，从远古轰隆隆的开来。

就在这时，门无声无息地开了。

一声枪响，在众人都还没搞清到底发生了什么事情时，凶徒倒了下去。

"警察！"众人把憋得人发痛的那口气从胸口吐出，欢呼起来。

这时候，如果让他们认佛祖还是认警察只能任选一个的话，大多数人是肯定要转信警察了。

但不是想象中的一众警察，而是只有一个警察，而且他只是一个普通的交通警察。

大步队的警察要到二分钟后才能赶来。等那众警察到来时，战时已经结束。只剩下清理战场了。

那个交通警察看到朱莉的一辆奥迪车破了一个大洞，门碎了，方向盘也拉掉了。而车内还放着生日蛋糕和花，警觉性使他觉得有什么不寻常的事情发生了，当即决定进来看个究竟。

没想到来得恰是时候，救了众生。

事后，静智法师说："一切都是因缘。朱莉，包子，警察都是因缘巧合必须要在这个时间不早也不晚赶到我们楞严精舍的。佛祖慈悲，竟是安排得分秒不差。"

静智法师对凶徒的死也自有她的解释："求死得死，得其所愿。"

七

包子作为最神似人类的机器人在楞严精舍的那一战后，名声大振。

AII 公司因为包子作的免费宣传而省却了一大笔广告费用，还因为包子对人类的作用被人们所认可而提高了机器人的价格。一个保镖机器人得要一百万美元起步才买得到手了。

朱莉到公司也一年了。

本来按照承诺，这些测试机器人可以让测试者本人拥有的。但利益到头，公司要求他们全部退回。三十几个发放给朱莉和同事的机器人如果重新出售，价格三千多万。不是一个小数。

如果不退回，公司就要以非法侵占公司财产罪告他们。

领回机器人时只有口头协议，可能就是为了现在的变卦创造的条件。而且现在机器人升值了，早就不是以前口头协议里五十万的价格了，以前的口头协议已经不成立。

朱莉已经对包子有了感情，包子在她心里就是一个独一无二的保镖，救过她无数次，除了父母，他给予她最多的保护。

怎么可能失去他？

而其他领到了机器人的同事也都不同意。现在这类机器人销售起步价是一百万美元了，失去机器人，等于失去一百万美元。有多少人一辈子能存得下一百万美元？

于是，朱莉冒着再次失去工作的风险和其他三十几个同事们联合起来，一起与公司谈判。如果要收回他们的机器人，他们就准备全体辞职。

公司惧怕他们真的全体辞职。那些人都是公司最资深程序员，是无形资产，价值创造者，没有他们，机器人项目也开发不下去了。

于是公司让步了，只要求他们把机器人回炉，把机器人功能统一后再让他们领回去。

公司将重新更新他们的机器人的软件，他们将拥有的机器人与要正式投入市场的初级版机器人有完全一样的功能。

正式市场版本的机器人初级，中级，高级功能都是逐级递进的，而每个级别的功能都是一模一样。数据库当然也不会容许让客户更新了，这些都是以后新版本推出要赚的钱。

客户如果要定制相应功能，必须按每项定制加钱。定制项目有限，不是所有的定制功能都能被满足。

三十几个同事都欢喜地认为达到了目的，都同意了。

只有朱莉不同意，她不要一个统一的产品，她要包子。

但 AII 公司说，如果朱莉坚持要包子，她就得出五十万美元，最初的口头协议里让他们领回去的机器人价值五十万，但现在回炉再出售的机器人却是价格一百万，所以如果她要保留包子，就要出其中的五十万美元的差价。

这笔帐怎么可以这么算？朱莉心里明白 AII 公司只是要让她知难而退。

五十万美金是一笔不小的钱。可以让女儿读差不多二个大学了。到哪里去借那五十万呢？

朱莉问施然："付利息的话，你觉得在我们投资俱乐部有谁可能借五十万美金给我？"朱莉只是征求一下她的意见。她朋友少，也没多少人可问的。

没想到施然却先跟朱莉诉了一通苦，主题是她作为一个小地主挣钱是多么艰难。朱莉知道施然无非就是想让朱莉打消从她那里借钱的可能性罢了。

施然也就过个中上产的生活，那些诉的苦也都是实情，但其实朱莉根本没有想过要从她那儿借钱。

就算施然有钱，为了维护她们之间的友情朱莉都不会开这个向她借钱的口的。

陈乐知道了，跟朱莉说："朱莉，我们在美国生活也都挺长时间了，知道美国人有两件东西是不借的：车和钱。更何况你是五十万美金。很多美国人一辈子都存不下这个钱。所以你想向私人借钱的想法是不靠谱的。"

但陈乐接着暗示只要朱莉跟她老公离婚，他就会立即与他老婆离婚，随后只要他们两人结合在一起，那这五十万美金就是他们夫妻之间的事了，那他就可以帮她出这五十万美金。

原来，钱还真的是能给人壮胆呢。胆小的陈乐因为有钱做筹码试探性地往前迈了一大步。

"哈哈哈，看不出来陈大数学家原来还可以这么慷慨。不用了，这五十万美金我自己还出得起，还没到需要卖身的地步。"

陈乐全职作房产投资开发前，是个大学数学教授。有一次朱莉帮她的外甥女问他一道数学题，他在 Email 里除了解答，还加了一句很暧昧的话："只要你需要，我以后每天给你做。"如果朱莉对他有意思，这个"做"字就会理解为撩人，如果朱莉无意，这个"做"字她就会理解成做数学题。反正无论怎么理解，他都是安全的。朱莉虽然心里明白，却也只好装聋作哑装理解成做数学题状。

而这次的暗示就太明显太大胆了，所以朱莉决定不再给他留面子。

"我不是这个意思。朱莉，我对你是认真的。"陈乐不安全起来，豁出去了，索性再做最后一次努力。

"对不起，我不是什么小白兔，你也不用扮什么大尾巴狼。"朱莉一点都不领情。

还好，她有这个底气。

朱莉于是跟茅文彬提出要卖国内的房子。

茅文彬不同意。这个房子朱莉在最困难的时候都没卖，现在家里不缺钱了，却要卖了。而且卖房子的目的，是为了买回包子不成熟的原始版本，而她原本是可以拥有价值一百万美元的市场版本的。

不光如此，出五十万美金，是为了保留一个在他眼中取代他角色的机器人。

两人大吵了一场，谁都不想让步。因为这个房产是属于两人共同财产。没有对方同意，谁都别想卖房。总不能卖一半的房子吧。

朱莉提出了离婚。

离婚后财产对半分，不管她是分到房子还是分到现金，她肯定是能拿到一半的财产。

"我们在最困难的时候都没离婚，现在大家的生活都回到正轨，你却为了一个机器人要离婚。你这是疯了。"茅文彬怎么也想不明白。眼前的这个人一直是个很理智聪明的人，怎么会为了一个机器人疯了头。

"他不是一个普通的机器人，他是一个保护了我，救了我的命的人，救了很多人的命。"

"这就是机器人存在的价值啊，是他们的本分，就象我们要工作吃饭，他们就是为了这个用途这个目的才开发出来的。"

茅文彬竭力想说服朱莉。但朱莉已经打定主意。

朱莉和茅文彬在最难的时候没有离婚，却在他们最好过的时候，要离婚了。

正当他们咨询离婚手续以及如何变更国内的房子产权时，AII 公司又改变了主意。

即使有了五十万美元，也解决不了不让包子回炉的事。

五十万美金对朱莉来说是一笔大钱，对 AII 公司来说，毛毛雨而已。公司不允许有一个特珠的版本在市场上存在，这个版本虽然给他们带来了荣誉，带来了口碑，但毕竟只是测试产品。

口头协议里说朱莉能够拥有这个产品，并没有说她能够拥有原始版本。

更何况，现在他们已经把价格调整到一百万起步仍有全世界的富翁订单不绝而来。甚至有些中上产的也愿意倾尽家产来购买这么一件奢侈品，毕竟，只要能救主人一次命，这价格就值回来了。为了五十万美元在地球上留着这么一个变数极为不妥。

而且其他资深程序员们都已经同意回去工作了，如果朱莉再想威胁辞职，那也只是个别行为，对公司的影响不大。

所以朱莉最后只得到一个通融，允许她推迟三个月时间把包子回炉。

朱莉再次清点了一下自己手上的牌：确信现在是 AII 公司少得了她，而她却少不了 AII 公司。她还需要这份工作，而公司却不怕她的辞职威胁。事已至此，除了接受这个条件她没有别的选择了。

朱莉既然又用不着五十万美金，中国的房子又不用卖了。

那个名存实亡的婚姻又暂时保留了下来。

过了半生浮华，朱莉已经对人性失望了。

能找到比茅文彬更好的人吗？不可能了吧。人人都那么自私。在她最困难的时候，谁帮过她一把？没有，一个都没有。那些明着暗里对自己表达倾慕之心的男人，在她最难的时候，在谷底的时候，还不是都在袖手旁观，一边抱怨着自己的身边人一边各自过着各自写意的人生。

记得她还未打官司之时，曾问陈乐，问他能否帮她去问一下他的律师，这种被租客烧掉房子的事要如何处理才好。

结果他却期期艾艾地答复，可能没法帮忙去问他的律师，他的律师太忙了。

事后却仍然不放弃任何一个可以方便地向她表达倾慕之心的机会。

中国的造词真是强大，恩爱与喜爱是不同的。因喜而爱的，都不过象是河水表面浮着的一层萍，风一吹就散了。因恩而爱的才能拥有整个河水，再大的风都没法吹散，才经得起天长地久。

可世上有多少恩爱夫妻？

象朱莉的父母这样相亲相爱一起变老的夫妻，现在还有多少？

朱莉向来报喜不报忧。

父母老了，不想再让他们为自己担心。所以父母是不知道她经历了这些人生的艰难的。如果他们知道，他们会不会支持她离婚呢？大概也是不会的吧。

"夫妻就要互相迁就，互相谅解，才能一起携手到老。"
他们肯定会这么劝说。而且茅文彬对朱莉父母倒是一直挺
好，父母也都挺喜欢他的。

现在跟单身也没啥区别，还比单身有更多好处呢。再找个
意中人朱莉不仅觉得无望，也无心再找。

个人习惯已经形成，很难再能接纳一个新人来到自己的生
活中。

茅文彬无论怎么说毕竟还是女儿的父亲。这么多少年她对
他的脾气太熟悉了，除了人自私一点，总体来说，还是一
个有能力的好人。

而茅文彬正巴不得婚姻不要再起任何波澜呢。

他在中国国内忙忽了一年半载，开始惦念美国安稳安逸的
日子，明媚的阳光，透亮的天空，清新的空气。光是为了
以后仍留着一条再回去的路，也不想与朱莉断了关系。

于是他们的婚姻走了一圈离婚的风波，又回到了原来的位
置。

虽然婚姻已名存实亡，但家还是那个家。茅蕤回家还是回
原来的老家。

朱莉在把包子送回公司之前，去医院开了个病假条：楞严
精舍突发事件后遗症，使得朱莉情绪很不稳定，整个神经
系统不协调，有忧郁症倾向，需调养二个月。又用了积攒
下来的三星期年假及期间刚好遇到的公共假期，在家呆了
近三个月，也通晓达旦地工作了近三个月。

再把包子领回时，除了还是包子的亚州脸，已经不再是包子了。名字倒是可以重设，但整个性能已经全变了。

不会再帮朱莉去割草了。因为割草已经不是保镖的责能之一。

也不会翻白眼更新数据库了。因为数据库已经不能任意更新，只能用公司的既定功能。

要想定制功能每项都必须与公司的营销部打交道，化一笔不小的钱才能买到，有些功能也未必在能买到的项目里。

包子当然也不再认识朱莉了。

他，完全是不一样的机器人了。就象一个正常的人得了痴呆症，但每天仍然记得吃饭穿衣等最基本的人类活动。

他也不会犹豫是要听主人的话还是要保护主人，因为现在只有一个优先：保护主人是保镖的第一职责。

回炉优化以后，他没有了缺点，也不会成长，他真的变成了一个机器人。

包子本来就是机器人，但因为调试过程中他会犯错，他会成长，他会犹豫，他更象一个有缺点有脾气有个性会成长的人。更因为他曾救助过朱莉好多次，他成是一个朱莉生命中不可缺失的一部份，一个朱莉向他投射了许多感情和喜爱之心的人。

而现在，他只是一个产品。

"记住，你的名字是包子。"

"是的，主人。"

"包子，我要你变回到原来的样子。"

"是的，主人。"

"我不要你这么对我说话。"

"是的，主人。"

朱莉绝望了。

她把包子的电源关了。

"你这样做会很危险的，主人！""你这样做会很危险的，主人！"

新的包子是这么说话的。象一个播放机，循环地播放着。里面只听到例行公事，听不到关切。

不过别忘了，朱莉自己就是一个天才程序员，虽然是个前端工程师，但也是通晓后端和数据库技术的。

她把包子送回公司之前，已经通过前端从 API 反馈回来的 JSON Objects，反推出了数据库的样子。她自己重新建立了一个数据库，把那些从 API 反馈回来的数据重新存回到新数据库里。又改变 API 调用数据库的路径，把包子连接到了自己新建的数据库，而不是附带在他身上的数据库。朱莉新建的这个数据库是可以读写更新的。

把包子送回公司前，还发生了一件事，我们也要记录一下。公司的另一个后端 principle 工程师张卞宜，来问朱莉要不要合作，运用朱莉的前端技术和他的后端技术，他们可以把他们手上的机器人功能模块结合，把机器人升级成超人模式。

朱莉谢绝了。首先，运用公司现成的功能模块是侵犯 AII 公司的知识产权，是不合法的行为。而且，她不要一个超人，她只要一个包子，原来的那个包子。

这个世界真有超人吗？没有的。佛陀六年苦行才了悟生死。我们这些芸芸众生想招引超人，只怕是打开了潘多拉盒子，招引来的只是带来灾难的魔鬼。

因为朱莉对前端技术是如此熟悉，她已经把机器人的前端的程序全部自己重写了一遍。这样再对照着包子现有初级功能，把被公司删除的功能都又加了上去，把被公司改变的功能又改了回来。

等前端，后端，数据库都重新作了调整，再重新把它们都连接起来后，朱莉给包子恢复了电源。

包子回来了。

"朱莉，你要我去割草吗？防火防盗防邻居。"

"包子，你回来了。"

"我一直都在你身边啊。"

"是的，你一直就在我身边。幸亏一直有你在我身边。"

"因为我是你的保镖啊。"

"你现在有一颗独立的灵魂，你不是产品，你是与众不同的。"

"我一直就是包子啊。"

"对，你有名字，你有个性，你会犯错，你会成长，你有一颗无私保护人的心。这就是你，一个善良而特立独行的人。"

"朱莉，今天你的话真多啊。"

"心情好，才会话多呢。好了，现在你可去割草了。"

"好，我就穿着这个西装去割草，穿西装割草最酷了。"可他身上已经不是以前的西装了，上面有机器人的代号。

"你穿什么割草都酷的。来，换上这件吧。"朱莉找出一件重新给包子订制的西装。

"好吧，这真是奇特的要求。"包子翻了翻白眼。

八

朱莉再次拜访楞严精舍时，已是晚上。精舍已经结束了开放给佛教徒和公众的周日法会，在做他们自己的晚课。

静智法师说："来，参加我们的晚课吧。"

静智法师给朱莉拿来一本佛经，翻到他们正念到的地方。

他们自己是不需要这些书的。都已经背得烂熟于心。这些书都是给佛教徒和公众准备的。

朱莉跟着他们做晚课，最后做了回向，才算晚课结束：

愿消三障诸烦恼，
愿得智慧真明了；
普愿灾障悉消除，
世世常行菩萨道。

晚课后，静智法师说，下星期六开始是楞严精舍一年一度的梁皇宝忏，期间还有皈依仪式。问朱莉有没有兴趣也来参加皈依。

"我需要一点时间想想要不要作正式皈依。"朱莉答。

皈依仪式就是正式皈依三宝，即皈依佛，皈依法，皈依僧。对朱莉来说，她信佛教信得比较随意，读佛法读得比较多一些，却是很少去精舍。而且她也怕宗教信得太深反成为人生的枷锁，所以还迟迟下不定决心要正式皈依。

静智法师慈悲地看着她，赞许地点了点头。好象早就料到她会这么说。

"法师，一个有独特个性有缺点会成长有颗无私的心的机器人在我们人类社会中算是一种怎样的存在？"

"你在说包子吧？"静智法师微笑说。

"是的。"

"世上万物都是因缘而起，缘尽而散。"静智法师说。

"你是说机器人也在这个因果的世界?"

"世界万物无一例外。每个人每件物在这个世界上都有使命，机器人也是如此。施主，念好我们自己的每一个心念。"

"一个无生无死但有成长的机器人算不算生命？"

"什么叫生？什么叫死？佛法说：'不生不灭'，'无老死，亦无老死尽'。"

静智法师接着低眉垂眼念了一声"阿弥陀佛"。

是时，已经夜灯时分，代表前世今生和来世的三座三世佛陀在灯光下露出似笑非笑的神情来，三尊佛像原本相同的脸上神态好象也突然各具不同起来，仿佛他们不再是塑像，而是有了表情和生命。

他人地狱

一．人是鸟，鸟是人

我那没读过多少书的妈妈常有惊人之语，比如"人是鸟，鸟是人"。

我觉得这里面的哲学意味如果要深究起来的话是非常深奥的，可等同于到"周庄梦蝶"这样的哲学层次，但我知道她说的时候只是感慨人常常象鸟一样倏忽变迁，忽东忽西。

上次我听她说这句话是在十二年前，我决定离开中国的工作和生活，去美国。

最近一次听她说这句话是二年前，我又决定离开美国的工作和生活，回中国。

而二年后，当我已经在中国稳定下来，没想到舒玫也从美国回来了。

所以当我第一次在中国见到舒玫时，我也不由向她感概：

"这真是人是鸟，鸟是人啊。当年，你先我一年出的国，没想到现在我们两人又都在中国见面了。"

她显然是第一次听到这种说法。不过因为这句话是放在一个语境里的，所以她很快就理解我说的意思了。

她老了。

满目沧桑。

这个发现让我很难过。

我以为我是不会再为这种人生的琐碎败落难过的了，但是我错了。

可能是因为我们同岁。

现代人保养得好，三十九岁完全可以做到依然象三十出头的样子。可是，她一看却已经是个中年妇女了。

可能是因为我曾见过她最青春欲滴的模样。

当年她可是我们研究生院里最漂亮的女生啊。

特别是在那个理工科研究生院，女生普遍都显得朴素土气，更显出她出类拔萃，气质出众。

可能是因为她曾是我读研期间最好的朋友。

那时的我，满身破碎，彷徨忧郁。她的友谊于我是一道有治愈性质的阳光。

更难得的是，是她主动给我送来的这道阳光。

"哎，我喜欢你，我们做个朋友吧。"刚开学的某天，我正沉默地在宿舍的公共盥洗室一角使劲刷着牙，她直接了当开门见山不同凡响不由分说地成了我的朋友。

二．输得一塌糊涂

她是孤身一人回的中国。

已经与比她大二十岁的白人生物学教授离婚了。

这次回国，是来参加她母亲的葬礼。

然后就打算在中国定居下来了。

找我，是要让我陪她去参加她母亲的葬礼。

我虽然与她做朋友这么久，但却是第一次真正参与到她的生活中。

特别是参加葬礼这种特别私人的事。

我根本不认识她的母亲，也不认识她的家人，除了她的那个白人教授前夫布朗先生。

与她的白人教授前夫也仅限于在美国期间与他见过一面。

算起来是他们离婚前三四年的时候，那时我也还未与宋文斌离婚。

她与她当时的教授丈夫彼特．布朗难得从美国中西部的 K 大学到我所在的城市华盛顿旅游，于是一起在我家吃了一个饭。

见到她教授丈夫的一瞬间，心里很沉。

替她说不出的后悔和懊恼。

那是个已经对生活完全妥协没有前景头发微秃的小老头了啊。

软塌塌地陷在沙发里，显得个头更矮。因为听不懂我们说中文，只是好脾气地对着我们笑。一股暮气迎面而来，夕阳下山了。

我那时本是应该出于礼貌与舒玫说英文的，但是由于心里的那股不痛快，故意只与舒玫说中文。

就这样一个小老头，还是舒玫破坏了他老公原来的家庭从别的女人手中千方百计夺来的。

老头还有个女儿，比舒玫小不了几岁。

大概刚结婚的时候，她老公才五十来岁，一个风华正茂，一个花样年华，还很般配。

但结婚后，渐渐发现这个人根本不是自己想要的。

这种懊恼大概跟冒着生命危险抢银行成功，却发现只抢到了几十块零钱还不够打个牙祭的感觉差不多的吧。

但她当断未断，拖了又拖，一直拖到自己的青春不再，在一个最坏的时机，跟她老公离婚了。

由于签了婚前协议，离婚时都没有分到什么财产，几乎是两手空空回的中国。

好在，与她老公没要孩子，才不至于让另一条小生命再在这个世间受连累。

我对于她的这一路经历是大不以为然的。

虽然我早就习惯与社会同流合污，但是心里还一直保留着那么一点道德洁癖。

我对她这种不道德的做法一直心有微词，抢了别人家的老公，伤害了另一个女人。

结果，还反过来伤害了她自己。

这是一桩最蠢的买卖。

我都有点分不清我主要是懊恼于她最初损人的做法还是懊恼于她损了人却反而害惨了自己的结果。

但是，她是我无法拒绝的人。

甚至可以说，她是我在这个人世间唯一的无法拒绝的人。

现实已经教会得我非常实际理智，但在她面前，我还是情愿让我们最初的友情占了上风。

而且，我总觉得她邀我前往，另有目的。

据说，论朋友间感情有多好，其中一个指标就是看对方跟你透露过多少私密的事情。

她与我形影不离的期间，确实向我透露过许多私密事，有不少是关于她亲人。

她不是父母养大，而是由奶奶养大的。

十二岁上初中才被父母接到身边。

跟奶奶的感情很好，只要奶奶说一声想她了，她就是上刀山下火海都要回去见她奶奶的。

但与父母的感情却一直处于熟悉的陌生人这种游离状态。

也不是不好，表面上还是很好的。

父母都是知识分子，很识大体，知道如何尽力弥补她的缺失。

她想干什么都一口应承。

就是没能建立起那种天然的亲密的关系。

最主要，她心里一直都没法消化这个现实：

她的妹妹是从小一直就与父母在一起生活的。

如果她父母确实是因为那时生活工作有难处，不能把孩子带在身边，她不是不可以谅解。她曾这么跟我说。但是为什么舍弃她，而把妹妹一直留在身边呢？

父母在孩子中间造成的天然的不公平可能是世间上最难消化也是最难消除的不公平吧。

等她读大学后，父母要见她就难了。

常常要借奶奶的名头，比如你奶奶病了，想见见你。你奶奶要过生日了，一起来庆祝一下吧。诸如此类。

舒玫只要一听说奶奶想见她，尽管觉得可能只是她父母的一个幌子，也会不管天气恶劣，路途遥远，一定是想方设法当天就动身赶回去的。

我私下底常常想，她这样做，一方面固然是因为与奶奶的感情，另一方面是不是也是给父母一种无声的遣责和压力呢。

现在，爷爷奶奶父亲都已经过世，母亲也刚刚去世，与老公已经离婚，又没有孩子，才人到中年，这个世界上最亲的人好象都离开她了。

望眼过去，人生的下半程好象尽是下坡路。

孤身一人前去参加母亲的葬礼，更象是向家庭幸福事业有成的妹妹彻底认输。

输得一塌糊涂。

所以就拉上我一起去。至少身边还有一个可依赖的朋友。

更何况，这个朋友现在在中国炙手可热，是个科学界的名流，所谓的著名海归人士。

这只是我的臆测。

但照我对她个性的了解，这个臆测也基本八九不离十了。

三．上帝

我之所以成为了所谓的著名海归人士，是因为我的前沿研究课题：记忆存储。

这个课题以往一直是理论的热门。

我的贡献是把理论化为了实践。

这件事意味着：人们可以在生前把重要的甚至一辈子的记忆存储下来。

记忆存储前景非常广阔。

课题组因此拿到非常多的经费，专门用于记忆存储的应用研究。

我们研究的课题因为与每个人都有切身关系，所以成了公众及媒体关注和热捧的对象。

我也因此成了一位科学界的红人。

不过，他们不知道的是，其实我已经能够实现的比记忆存储要进步得多。

我没有把那些更进一步的技术公布于众，也没有让我领导的科研组知道。

而是私底下暗暗干起了私活。

我把它称之为心理微整。

我没有公布于众是出于二个方面考虑：

一方面，这个课研成果太敏感了，会涉及到法律，伦理，道德啊诸多方面的争议。即使我想公布，大概政府及科学界出于这些层面的考虑最后也是会决定保密的。

如此的先例彼多：

理论上说克隆人的技术已经成熟，但目前还没有科研小组在应用克隆人这项技术，就是因为伦理方面的顾虑。你克隆出一个自己来，那么这个人的社会属性将如何定义？

再比如据我们在 NASA 的科学界同事私下透露，他们已经知道有外星人生活我们地球人中间，但由于怕引起地球人的动乱和不安，也一直把这个发现归档为国家级的机密。

另一方面，虽然我们研究组是媒体公众关注的对象，而且科研组也有大量的科研经费，但由于最近中国的学界反腐运动，每个科学家自个儿的报酬却并不高。所以即使这一项研究成果能公布于众，最多也只是增加了科研组的研究经费，而并不会给科学家本人带来更多的物质利益。

而我还有女儿在美国私立学校读高中，以后她还要读私立大学，大学毕业后也许还要继续深造，这一路的化费将是个无底洞。女儿学的是艺术，不光要为她学业着想，还要为她以后的生活留下足够的资金。个人回报是一个不得不考虑的现实问题。

我的心理微整处于灰色地带，地下活动。

业务都是靠私底下的口口相传介绍进来的。

虽然我都与每个客户签了保密合同。但所谓的保密，往往事实上最后都变成了"适当透露"。

只要没有传到媒体上去没有被公众知晓，这个保密合同的目的就算达到了。

谁也挡不住私底下的口口相传。与我想要的效果一样。

也许他们象我一样心神领会，其实我只是希望我的业务局限于地下。

这项心理微整带给我的报酬远远高于我的正常收入。

我的心理微整虽然处于地下活动，但每项项目涉及的范围内容都是很明确地写入合同，决无含糊，且风险自负。

消除某段记忆啦，改变某个记忆片断啦，重建记忆啦，清除某个人在记忆中的存在痕迹啦等等。

总之都是一些很明确项目。

当然，消除的记忆，改变的片断我这里都是有备份和存储的。

记忆存储是我的老本行，而且成本可以技巧地打到我的科研经费去报销。

有顾客回头发现有什么没有预计到的不良后果，不适应，后悔了，或者改变主意了，消除改变记忆以后又来要求恢复原态，那我也息听尊便。

不过，他们都事先明确重装重置也都是要化钱的。

有些人钱多到居然可以消除重装消除重装来回这么几回。

我都见怪不怪。

就象一度曾流行的脸部微整手术，打玻尿酸没打好，还可以要求美容师把玻尿酸消融后重新打。

葬礼是舒玫回国后的第三天。舒玫是回国当天来找我的。

第二天是个周六。

我特意留出这一天来什么私活也不接。

还把原定在今天和明天的心理微整私活都往后推了。

打算一整天就在自己宁波东钱湖边上的别墅休闲放松。

晒晒太阳发发呆，是我认为的人生的至高享受。

所以我的别墅有一个很大的阳光房，屋顶正中是一大块透明的玻璃。

阳光房不光适合晒太阳，还适合晚上看星星。

我的一个天文界朋友，现在是国家天文台的科学家，曾带我去河北的兴隆观测站值过夜。

我一直对在兴隆山顶用裸眼看到的璀璨的星空记忆尤深。

所以在这个阳光房，我除了晒太阳发呆，有时也会记得在夜晚用来看看星空。

我浇了浇阳光房的一些绿植后就准备早餐。

准备第二天以最好的状态，作为舒玫最亲密最有名气的朋友身份与舒玫一起赶到杭州去参加她母亲的追思会和葬礼，追思会安排在上午，葬礼安排在下午。

我的早餐很简单：自制的烤面包片涂上牛油果果肉再放二个切碎的鹌鹑蛋撒些黑胡椒粉，蒜粉和洋葱粉。再加一盘水果拼盘和一杯咖啡。

现在科技是越来越进步了。而在吃的方面却几千年来一直吃的都是这些东西。如果再考虑转基因农药等带来的危害，在吃方面其实反而是退步了。

顺手把挖出的牛油果果核掉进一个水盆里。

那里已经有三个果核在里面开始生根发芽。

我看到有二只蚊蚋在水里挣扎。

翅膀在水里高频率地划啊划啊，费煞了劲才划出个一二个毫米。

却又被我掉进去的果核造成的涟漪打了回去。

水盆对它们而言尤如汪洋大海。

如果我任由它们在那里挣扎，不出几分钟，它们在这个世界上的生命就会消失。

要是年少时，才不会去管两只蚊蚋的死活呢。

现在心气是越来越小，心却是越来越变得柔软。

大概是越来越体会到，人在这个世界上的渺小和无力，与一只蚂蚁一只蚊蚋并无两样。

也明白了，为什么唐僧连一个蚂蚁都要救，连一个妖精都不愿错杀。

都不过是芸芸众生。

不过我马上意识到：所谓心变得越来越柔软，其实只是对其它异类生命。

对于同类，我的心可是越来越变得坚硬，冷酷。

越长大，越觉得这个人组成的世界是一个比烂的世界。

更烂的人才能心安理得地在这个五浊恶世中生活下去。

我拿了一张纸巾，把它们一个一个救了出来。

救出来后的它们，在纸巾上爬了爬，很快就爬开去了。

如果它们象人一样有意识会思考，我想那个时候，它们一定以为遇到了上帝。

一只上帝之手从天而降，使它们得救了。

我刚想象自己充当了一次上帝，一阵门铃声又把我拉回人间。

我通过网络监控，发现是一个陌生的三十来岁的女子。

神情有点忐忑，好象尚在犹豫要不要真的决定进去。

本想不去开门，假装没人在家，但那人的面眼又似乎似曾相识。

大概又是一个被我遗忘了的老同学老朋友吧。

我还是打开了门。

看来，连一天的清闲也是得不到的啊。

上帝们都是这么忙的吗？

四．是他甩了她

她是舒玫的妹妹舒薇。

难怪似曾相识。

一双她姐姐一样的大双眼皮，大眼睛，一头披肩长发。

鼻子笔挺得让人怀疑她们祖上有外国的血统。一般江南人还少有她们这样笔直的鼻子。

只比她姐小二岁，但看上去年轻多了。

眼神中带着一股精明，与紧抿的嘴角组成一副"你骗不了我"的表情。

肤色较暗，穿着时髦。一身深蓝雪纺连身衣裤，把身材衬得玲珑有致，女人味实足。

她先是为冒昧前来感到抱歉。在各种客套虚词之后，我很快就搞明白她的目的。

舒玫的奶奶曾留下遗嘱，要把她在杭州郊区的独栋老房子留给舒玫。

这个独栋老房子由于地段好，又在杭州近郊，还因为有一个大的院落，现在很值钱了。

而她的母亲去世前留下的遗嘱是把她父母在杭州市中心的房产给两姐妹平分。

但舒薇不认为这样合理，她认为奶奶的房子应该由她父母继承，而不应该留给舒玫，然后她应该和姐姐平分她父母的财产。

所以想让我劝说一下她姐姐，把奶奶的一半房产让给她。否则她将向法庭提出申诉。

"同样是孙女，为什么要那么偏心。这个遗嘱并不合理，一定是奶奶立遗嘱时老糊涂了，作不得数的。"

"为什么你不同你自己姐姐去说，而是跟我说。"

"自从我父亲去世，我与她不讲话已经有几年了。我知道她从心底里恨我。恨我夺了她父母的爱。其实怎么可能？父母当时可能就是随意间做出的决定，并不是因为爱我比爱她更多一些。因为他们在城里工作忙，带两个孩子会很辛苦，而爷爷奶奶又愿意带孩子，就把大的给他们带了，大的好带嘛。我那时根本就是小不点儿，怎么可能左右得了父母的决定。带了后，因为觉得爷爷奶奶也在情感上需要姐姐，所以迟迟没有把她接回来。现在她恨我也恨父母。"

"你姐姐在你父母的偏心下造成很大的心里阴影，这是可以理解的。这个房子就算是补偿她也是应该的，何况有遗嘱。"

"她一直说父母给她造成很大的阴影，并拿这个作要挟，在家里几乎是要风是风要雨是雨。但是第一，这个局面不是我造成的。第二，你以为跟着父母生活轻松啊，父母经常吵架，我还羡慕她可以在奶奶的庇护下，避开这些琐碎。要说心里阴影，我可不比她小。第三，对她造成影响最大的可不是父母偏心这件事，而是她大学期间的恋爱失败。被那个叫王国雄的同学甩了。这之后，她整个人变了。虽然表面上仍然活泼开朗，但是，骨子里完全变了，以前回家对家人还算亲的，至少在表面上。那以后，每次回家都要控诉父母的不公平造成了她整个人生的失败。我那时，只要知道她回家，我就要躲出去，受不了她看我的指责的眼神。"

我听得目瞪口呆。

因为我是知道她大学的那段恋情。

明明是舒玫甩的王国雄啊。

她还给我看过王国雄的好多照片。还有他们俩的合影。

男的长得非常英俊潇洒。

瘦得刚刚好，玉树临风。眼睛发亮，有一种欲望在里面。一米七五的个头。

与舒玫完全是一对璧人。

高中开始谈的恋爱。王国雄送了不知多少花和情书，才打动了舒玫的芳心。

相约考上上海有名的 F 大学。男的读的金融专业。女的读的数学专业。在大学期间仍然是亲密恋人。

大四的时候，舒玫决定离开他。

据她说她决定要离开他时，他跪下来求了又求，求过好多次。

而她之所以离开他，仅仅是因为他在同班女同学的追求下去见了人家一面。

她眼里容不下沙子，就提出了分手。

那时，我与她一样眼里容不下沙子。

也刚好经历了大四时与男友分手的痛苦和艰难。

男友叫莫林峰。

据他说因为父亲姓莫，母亲姓林，所以给他取名莫林峰。

与我在杭州的一所综合性大学 Z 大学相识相恋。

大三结束后的暑假，我接到了一封他寄来的情书。

可惜，信封上的姓名地址是我的，信里的名字却不是我，而是另一个陌生的女人的名字。分明是不小心寄错了地址。大概是一式二份写的信，因为除了名字不同，与我不久前刚收到的他的情书的内容基本相差不多。

大四一开学，我还抱着一丝幻想，幻想他对此有合理的解释和理由。

但当我责问他是否在玩脚踏两头船的游戏时，他干脆连个道歉都没有，更别说象王国雄跪下来求什么的，反而怪我幼稚不成熟太耿直说话不知婉转，一点都没有江南女子温柔体贴小鸟依人的风情。

还说，这倒帮了他一个大忙，让他可以轻松地做出二选一的决定了。

于是索性放弃了我这只船，一门心思只登上另一只船了。

听说大学毕业后很快就与女方结婚。

还居然过得很幸福呢：

儿女两全，经济富裕，家庭和睦。

我一直心里隐隐希望他会得到报应，无数次地想象他被女方抛弃，妻离子散，孤家寡人。

均成泡影。

倒是我，现在是一个人到中年的单亲妈妈。

我这次回国，莫林峰还特意来跟我联系。感概地说，想不到他的初恋情人现在成了名人，他为此感到与有荣焉，很佩服自己当年的眼光—说到底，还是变相地夸他自己。

所以，当年，当舒玫说到她男友下跪求恕时，我很解气。

倒象是她替我也报了仇。

后来，等我见了她的丈夫后，我又替她后悔：如果是这么一个结局，何不当初将就一下不离开那位初恋男友王国雄呢。

初恋男友至少帅，至少有爱，至少同龄。

虽然犯了一点小错误，高抬一下舒玫的贵手，还是可以原谅的不是吗？

"你确定是他甩了你姐？"我不由得强调了一句。

依舒玫的气质外貌学识家庭出身，基本上可以说是千里挑一，我不相信一个男生可能轻易地放弃她。

"对的。当年对她打击确实很大。女方长得很普通，甚至可以说是有点丑。倒追的他。女方的父亲是那个大学的校长，母亲拥有一个背靠那个大学的很有名的企业。她家可以说是有权有钱有势。所以男方就从了。"

"你家不是也是知识分子家庭吗？家境也算是好的啊。"

"那是与一般的普通家庭比。与王国雄老婆家比就比下去了。"

原来如此！

"这种渣男还不是越早离开越好，你姐没准还庆幸呢。"

"才没有呢。她还为此自杀过。她倒不是觉得那男的有多好，她就是觉得自己又一次被抛弃。她受不了这个。从此与家里结了仇，认为是父母当年没把她带在身边而是把我带在身边这件事给她造成一辈子受人抛弃的命运。"

看到我震惊的样子，她紧抿的嘴角隐隐带了一丝笑意，这就是她想要的效果。马上趁胜追击："你看她，一听到母亲去世的消息，第一件事做的不是马上买机票，而是马上干脆利索地与她老公离了婚。她是早就想与她老公离婚的，但她就是不愿意让父母知道她连一个婚姻都保不住，所以父亲死后，她就一直在等，直等到母亲也去世才火速离婚。"

难怪她早不离婚晚不离婚，偏偏在这个我认为的最坏的时机离了婚。

我确实受到了很大的刺激。

努力平复一下心情，我问："你这次来，你姐知道吗？"

"她不知道。你不要告诉她你知道了她被王国雄甩以及自杀的事。那事本来只有她与王国雄还有我们父母知道。连我都瞒着。但自此以后每次回家她都要发作，我也就慢慢地从父母透露出来的口风中知道了是怎么回事。"

"哦，既然你们父母都瞒着不想让别人知道，你怎么还要把真相告诉我？"

"我只想让你明白，她恨我是没有理由的。她的命运不是我父母和我造成的。而是她失败的初恋。我可不想一辈子顶着夺她母爱的罪。"

"好吧。明天我会与她一起去参加你母亲的追思会和葬礼，你忙你的去吧，现在各方面要办的事一定很多。如果需要人手，我可以派我的助理去帮忙。至于房产的事，遗嘱怎么写，就怎么来吧。如果你想要上告，那一定也没有人能阻拦你。我就不充当你们的中间人了。"

她还想说什么，但最终没有说，很不愉快地走了。

在研究生院时，我们两人的关系一直是舒玫充当主导者，而我是从属者。

一般都是她在说，我在听。

我很少说我的事情，包括大四那件失恋的事，那件事让我觉得自己很羞辱很无能，所以一直不愿提起，更不愿向人倾诉。

因为找不到出口，我那时其实已经得了忧郁症，吃不好睡不好，很脆弱，一点点风吹草地就要受到很大的惊吓。

但我最终却是依仗着她给予我的友谊的光芒走出了失恋

和忧郁。

那个研究生院在北京石景山区，离八宝山很近，学的是科学，研究生院的四面路上却有很多算命先生。简直是到了三步一岗，五步一摊的地步。

我在别的高校四周从没看到过这么多算命的。

也不知为什么那个研究生院那么招算命先生？

研究生院右边大道的那头有一家天虹商场。

我与舒玫成为朋友不久后的一天，我们去天虹商场结伴买东西。

正走在路上，一个算命先生叫住了我。

"这位朋友，我见你眉间暗淡，双目无光，六神无主，最近必有大难。"

因为当时确实身心破碎，凄楚彷徨，忧郁无助。而且想着街上这么多行走的人，为啥算命先生偏偏只叫住了我，这其中一定有他的道理。所以平素不算命的我不由自主地在那个算命先生面前停下了脚步。

这时，舒玫一把拉过我。

"走，别听他胡说！"

自信，霸道，不由分说。

一把把我拉走了。

我陡然生出一股豪迈之气，把那些破碎犹疑彷徨统统都抛在了身后。

跟着她就走了。

自此，生命中的阳光再现，冲破了重重乌云，又见到了蓝天。

因为那件事，我总觉得我欠跟她说一声谢谢。

那是我生命中一个转折时刻。

从此多了一份如何承受挫折和伤害的经验。

这个经验很管用，以后我还用到过它很多次。

当我觉得再也走不出来，再也对抗不住命运拨弄的时候，我总好象又听到她干脆自信地说了一声："走，别听他胡说！"

于是那个坎就又走过去了。

没想到，当我以为她那时风轻云淡，可以把友谊的阳光普照给别人的时候，她其实经历着比我痛得多的伤害。

而且一直深藏起来，从未展示予人，从末排解开来。

反而是越陷越深。

五．暗恋

第二天，是个晴空万里的天气。

无人驾驶技术使得我们在车内的自由度比以往大多了，腾出两只手来可以干点别的事，更可以腾出心来聊天和思考。

虽然我是她的客人，反而我是用我的豪车送她去参加母亲的葬礼。

我的经济情况比她好太多了。

我甚至经过她的同意，已经快速地让我的助理帮她在我的别墅附近租了另一个别墅。

下星期就可搬入。租金先由我支付，直到她处理完她奶奶及父母留给她的遗产。

一路上她有点不安。

这是她回国后的第一次回家，却是去参加母亲的追思会和葬礼。

自从她奶奶去世后，她就很少回家，上次回家是在五年前去参加她父亲的葬礼。

为了消除她的那点紧张，我问她最近有没有与国内的同学啊，朋友啊见见面。

她说："还没顾得上呢。不过已经在高中群与高中同学聊起来了。"

"哦，不错。"

"你知道吗？那个王国雄还来加我好友。被我拒绝了，没有通过他的验证。他还在群里说什么这些天天天借酒浇愁，思念一个人啊之类的话。"

"哦，他倒是还不忘旧情。"我假装一点都不知道她妹妹告诉我的实情。

"他还在群里说当年是她老婆追的他，父母逼他与她老婆成的亲。婚后他老婆不理解他。还自嘲什么娶个老婆丑活到九十九。唉，男人真是虚伪。吃着碗里的还要看着锅里的。"

"这就是所谓的渣男，猥琐男。幸亏你当年甩了他。他这样在背后说他老婆也可以在背后说你。这还是在群里呢，还得有所顾忌。要是你加他好友了，私底下可能还要给你说一些更过分的话，什么与老婆早就同床异梦，貌合神离，分居多年之类。"

"也是。"她默然。

"那个王国雄的变化大吗？"

"模样变化就不知道了。头像是一张风景图片。不过听说胖了。"

接着又说，

"不过这次加入高中群还真有想不到的事呢。现在才知道

原来有一个高中同学一直都在暗恋我。还在群里向我表白
了。"

"不奇怪。你当年一定是你们学校的校花。有几个明恋暗
恋的算什么。叫什么名字？他现在单身？"

"叫马洛军。比我大一岁。离婚了，现在单身。"

"哦。可以见见他啊，反正你们两个人都单身。"

"就是学历太低，当年差三分没考上大学，参军了，退伍
后在深圳开了个模制厂，也就挣个比高级白领工资多不到
哪里去的小钱，在深圳还是租的房子，倒是在杭州临安区
买了一个房子。"

"人长得帅吧？"

"帅。我等会把聊天截屏发几张给你看看，可以看看他的
头像照片，还有他自己发的几张生活照片。当年他很沉默
寡言，我都想不起来曾跟他说过一句话。那时注意力都在
王国雄身上。没想到他在高中期间已经给我送过好几封情
书，我都没收着。还听说，他曾经天天徘徊在我必经之路
，就为了看我一眼。"

我心生一丝疑惑。

"这么一往而情深？居然当年连跟你说句话的勇气都没
有？"

"当年他腼腆嘛，家境也不太好，可能有点自卑吧。而且
我那时是王国雄的女朋友，还有几个条件比他好得多的男
生也在追我。不过，他的变化真大，现在竟然一点都不腼

腆了，还是群里的活跃分子。"

当下，她就发了几个群里的聊天截屏给我。

可能是为了向我展示她在高中群的魅力，图片里不光光只是马洛军的照片和聊天截屏，还有王国雄的聊天截屏等。

我先看到群中的她的头像明显还是一个美女。

与她实际情况相差甚远。

舒玫虽然憔悴显老，但她的整个身材没有大变化。

人没有变胖，脸部骨架变化不大，肉也没有下坠。

主要的问题是皱纹丛生。额头，眼周，嘴角都已经有很深的皱纹。眼睛还有硕大的眼袋，脸部的褐斑明显。这让她显得明显比同龄人老。

但在美图的结果下，皱纹眼袋全部除去，皮肤美白柔光，看上去还是大美女一个。

难怪那些旧情人都在群里争相表白。

有时候，男人爱你没有别的原因，只是因为你长得美。男人不爱你也没有别的原因，只是因为你长得不够美。

我看到了马洛军的表白。当然还有那个马洛军的头像和照片。

男人真是占尽岁月的便宜。

四十岁的人还是一副身材挺拨，筋骨强壮的样子。年龄的成熟反而少了一份年少时的毛燥，更多了一份气定神闲的自信。

发过来的截屏里，马洛军在深情款款说：

"我夹在你书里的纸条，你收到了吗？还有寄到你家里的情书，你怎么一封都不回？"（舒玫回答："你肯定夹对了地方？情书太多，我怀疑我爸经常扣下来不给我。"）

"你的长发这些年来，一直在我的心中飘啊飘啊。"

"梦里常常见到你坐在我前面端端正正做作业的背影。"

"我一直都想娶一个故乡的人终老，但这种事不是我一个人可以说了算的啊。"

"那些年，我经常徘徊在你必经的小路，期待与你相遇，只要能偷偷见你一眼都觉得内心是快乐的。你有没有记得那个曾经青涩的我？"

有几个同学在跟着鼓噪起哄：

"迟来的表白啊。"

"在一起，在一起！"

"暗恋最美丽。"

还有几个截屏里，那个王国雄明显吃醋了。

"今晚深夜未归，只因思念故人，眼泪索索滴落酒杯，不知为谁？"

有女同学回："那你还不是最后娶了你老婆。"

"老婆倒追我的。"后面还加了一个掩嘴笑的表情。

"你还不是就范了？"又一个女同学说。

"老婆当时要死要活的，父母逼我娶她。不就范怕出人命啊。"一个脸红的表情。

呵，倒底谁要出人命？舒玫自杀的时候难道他就不怕出人命了？

再说，这些都是他一个人在背后说，谁知道实际情况如何？谁知道在老婆面前又是何种说词。

"与老婆一直没有共同语言。"大哭的表情。

见没有人接茬同情，又加了一句：

"娶个老婆丑，活到九十九。"后面加一个自嘲的表情。

这一番下来，既展露了自己有一个又丑又没共同语言的老婆值得同情，又表达旧情难忘，还把自己趁机美化一番。

功夫真是了得！我心里鄙夷地叹了一声。

"那个马洛军，你不会是对他认真的吧？"我问。

"怎么会，文化层次差太多了。怕没有共同语言。"

"那就好。门当户对虽然过时了，但要明白很多时候是有道理的。"

"但是，我真的很珍惜他的那份情义。人过了半辈子，回头一看，只有高中时代的爱情最纯净。过了高中，哪里还能再找到一个没有利益渗杂的爱情。"

"高中时代的爱情。嗯。回想起来那个阶段的人心也是最纯粹大方一点都不扭捏作态。爱了就爱了，不爱就不爱。没有什么将就，没有什么附加条件。"我答。

"那个王国雄呢？他明显看上去还想追你啊。"我不放心地问。

"他啊。我当年就不要他了，自然不会再捡回来。"

"再说，他不是有老婆吗？"她又加了一句。

"你前夫当年也是有老婆的啊，你还不是把他从他老婆手中夺了过来。"这句话我只在心里说说。

主要原因恐怕还是以前是王国雄抛弃舒玫，舒玫不甘挥之即去，呼之即来。所以干脆表现得硬气些。

我沉默了。她也怔怔地沉默了。

两人都各怀心事。

"现在微整容术很发达了，有没有想过去微整一下？"我又挑起一个新话题。

"你什么意思？觉得我老了？没人要了？没看到我在高

中群里还是很热门吗？"

"怎么会，你现在怎么这么敏感了。你就是老了也是一个资深美女。就是觉得我们的态度也可以开放点，不必排斥那些年轻人的潮流。再说，我们也还是很年轻啊，照联合国标准，我们还都是年轻人呢。"

"嗯。我会考虑一下微整。但是先得把我母亲身后事安妥了，把房子的事处理了吧。"她说得漫不经心。

我知道她在敷衍我。

曾经的美女都是很难接受自己已经不再是美女这个事实的。

她们瞧不起人工美女。

虽然在别人眼里已经是昨日黄花，可自己总还仍然相信自己依然是别人眼中的气质美女。

"等你把你母亲和奶奶的房子处理了，你就买个我附近的房子吧。东钱湖很漂亮。我们这个年纪要学会享受。人生苦短，自己享受到的才是真的。你买个小一点的别墅。上次我看到与我相隔三四个的那个别墅正在挂牌出售。等你有空了，我带你去看看。"

"好啊，那我们又可以天天在一起混了。"

虽然我已经给舒玫租了一个我附近的别墅，但租的毕竟是暂时的，买下来才真正的属于自己。

我喜欢属于自己的东西。

六．葬礼

葬礼上来了不少人。

主要是舒玫妈妈的同事。

有的只参加上午的追思会就匆匆离去。有的追思会完了还跟着一同去了墓地，全程完毕才道别。

我在追思会上见到了舒薇的全家。正常的一家四口的知识分子家庭。只是不知道表面幸福的家庭背后是不是也经得起推敲。

舒玫拿出了家中老大的成熟和教养，不管是接待来客还是对母亲的致哀都很举止得体。

还见到零星几个记者到场，主要是来看我这儿有什么新闻值得他们写一篇报道。不过看来他们这次要空手而归了。

如果说这场葬礼有什么出乎我意料不在计划内的事发生，那可能就是：

舒玫高中大学同学王国雄也来参加追思会了。

我没想到。舒玫也没想到。

他来时，追思会已经开始。

我正在看舒玫母亲的生平照片，眼角出现一个人，我本能的转身，听到他的自我介绍："我是舒玫高中和大学的同学王国雄，虽然这不是一个很合适的场合表达敬意，但我要告诉你，你是我一直崇拜的人。我对科学家一向都是很崇拜。"

我简单不能相信我的眼睛：

出现在我眼前的分明是一个胖得已经象一头猪，戴着眼镜，带着油油的微笑，一副志高气扬的庸俗中年男人。

双眼含着一种脏脏的厚颜无耻的贪婪之色。

容貌泄露了他内心的卑鄙猥琐，让人不由联想到蟑螂，蜈蚣等出现在阴冷肮脏地带的昆虫。

原来的帅哥哪里去了？

心里不由感慨造物主的公平。

要把一个很帅的人变成现在这副模样造物主一定是狠狠下了一番苦工的吧。

我更没想到他居然脸皮也已经修得比城墙还厚。

当年是他甩了舒玫，现在在有妻有家的情况下还能心无挂碍地在高中群向舒玫表白。

这会儿，还有脸来见舒玫，而且是在舒玫母亲追思会上。

我不愿理他，只是回头叫来了舒玫。

舒玫和她的初恋情人终于在十七年后，在这么一个特殊的场合见面了。

两个人的失望都是没有办法掩饰住的。

舒玫自不必说。她的失望和吃惊只怕要超过我。我毕竟只是一个旁观者。

而那王国雄居然也是掩饰不住的失望。

这个猥琐之人，正用他挑剔的专业的目光重新评估自己原来的猎物，情场败将，看十七年后还有没有必要再度引她上钩。

而评估的结果是：

不必费这个劲了。

那个昔日猎物已是昨日黄花，即使再次捕获，也不会给他增加什么荣光。幸亏来看一眼，没有被群里的头像欺骗住。以后也不必再在群里浪费那些表情了。

两人都洞察了自己在对方眼中的形象，也都同时被对方深深地得罪了。

王国雄向舒玫礼貌道：

"原谅我事先没有告诉你，我是代表我们的同班同学来献花圈的。你难得从国外回来，老同学们对当年的同学友谊都没能忘记。人死不能复生，希望你能节哀。没想到你还有一个名人朋友，有幸能借由老同学的关系与她认识。"

然后转向我："今天能认识你真是三生有幸。哪天请你去我们的企业访问，还望不赐造访。"

原来他这次来献花圈是想一箭双雕。

因为有报道透露了我的这次行程，他就借向舒玫的母亲献花圈的机会，既评估是否要恢复与舒玫的交往，又能借此认识一个科学界的名人。

现在既然觉得前一个目的已经不必达成了，那么就把重心放在后一个目的上。

舒玫已快撑不住她努力挂在脸上的礼貌，就象深秋的最后一片黄页随时就要脱离树枝。

"不好意思，我不想认识任何新人。"我不客气地回答了他。

"舒玫还有更重要的亲友要接待，请原谅我们都不能奉陪你。"

我一把拉过舒玫走了，把王国雄一个人晾在那儿。

突然想起很多年前，舒玫也是这么一把把我从算命先生那儿拉走的。

我回头看了一眼王国雄，他正在很勉强很努力地掩饰着心里受到的打击，但脸上不可置信的表情象透过窗帘的光线显现出了他的滑稽和悲惨，胖胖的油汪汪的满月脸下，双下巴更加明显。

"唉，岁月真是一把杀猪刀啊。看看，都把你昔日的恋人一刀刀杀成这副模样。还好你老早甩了他，如果我知道你居然要与这么一个人生活一辈子，我拼了老命都会把你从他那儿救出来的。"

舒玫勉强地笑了。

"可惜这把杀猪刀也同样没放过我啊。"

"哪里的话，岁月对你要比对他不知要温柔多少。"我肯定地回答她。

岁月确实对舒玫也没温柔多少。

七．红玫瑰

"记得十五年前，也是差不多这个将晚的时分，也是差不多象外面的那条道路，我在回我们 81 号楼的路上，看着熙熙攘攘的行人，突然想，这些人啊，整日忙忙碌碌于琐碎的生活，恐怕早已经忘记了就在我们头顶的星空。"

参加完葬礼的第十天晚上，我正在一个酒吧与舒玫喝着酒，谈着过去的事。

她已经搬入我给她租的在东钱湖边的别墅群其中一个别墅，与我住得很近。

我们又象在研究生院时那样，经常晚上一起出去喝点酒，聊点天，看些电影。

舒玫嘲弄我："也就你这么个爱钻研的科学家会记得我们还有一个星空吧。地球上的事还搞不定呢，谁还管外星的事。"

"我听 NASA 科学家私下说，其实已经有一些外星人现在就生活在我们地球上了，所以外星的事还真与地球息息相关，以后不管可能都不行。"我打趣道。

"连外星人都要来我们地球生活，那不是正好说明我们地球才是宇宙中心。"她好象对外星人在地球上这事很理所当然地接受了的样子，"如果地球是宇宙的中心，我们头顶的星空就是宇宙的效区，我可不关心郊区发生的事。"

那个宇宙郊区的说法把我逗乐了。

正在咯咯笑的当儿。

不远处的一个桌上传来骚动。

"不好了，出事了。"有人惊慌地叫喊。

"快叫救护车，好象已经没有呼吸了。"

"刚才还好好的，怎么可能？"

又听得一个年轻女孩痛苦地喊着另一个人的名字。

舒玫刷地站了起来，身体转向那些声音。

我犹豫了一下也跟着站了起来，而那边一桌很快已经被一群人围了起来。

大概是有人报了警，叫了救护车。很快就听见救护车和警车尖锐的声音响起。

舒玫已经向旁边打听了一圈。很快就来向我转述打听到的结果。

"男的和女的好好地喝着酒，一个小姑娘拿着一枝缠着金色丝带的红玫瑰给男的说：路上有人托她把这朵玫瑰花送给他。那个男的才接过玫瑰，突然男的就垂下头去了，死了。"

我与她的关系依然没有很多改变。舒玫还是那种带领者的状态，我还是那种跟随者的状态。

她会关心周围发生的事。而我见怪不怪，早失去了对别人的事情关心的兴趣。所以，这次，又是她在周围探听消息。

但我毕竟在中国的时间比她长了。

"红玫瑰。"我说。

"什么红玫瑰？"

"那朵红玫瑰。"

"那又怎么样？"

"是红玫瑰组织干的。"

警察来了。

舒玫见到警察，又把我凉在一边，赶去打听情况。

等她再回到桌上，已经知道"红玫瑰"的事了。

那是一个组织，专门杀负心汉。

听说人们把自己想要杀的负心汉信息放在叫"红玫瑰"的暗网里，然后凭暗网里的红玫瑰组织在一大堆名单里评估确定他们认为最应该被杀的那一个负心汉，把他杀了。每次杀人后，会在现场放一支用金色丝带扎起来的红玫瑰。

因为名单提供者与行凶者是完全不相干的人，名单提供者也没有支使行凶者，所以名单提供者不负任何法律责任。

而行凶者每次做案手段诡异，而且每次都有人私下里保护他们，居然到目前都还没人落网。

舒玫惹有所思："我可以明白为什么人家会保护这么一个犯罪组织。因为在现在的法律架构下，如果一个人犯了罪，抢劫了，杀人了，都要付出应有的惩罚，比如罚款啊，坐牢啊，枪毙啊。但是，一个人伤了另一个人的心，因此破坏了另一个人的余生的却可以逃之夭夭，就象什么也没发生过似的，不光不会受到任何法律惩罚，那个人还要把另一个人对他付出的感情当作是他收集的魅力胸章。这是多么不公平！这个红玫瑰组织不过是补充了法律的惩罚盲点而已。虽然是犯罪组织，但有它存在的合理之处。"

我有点担心她的情绪。

"可是感情是双向的，有时候真的说不清谁对谁错。在感情上，宁可错爱一千，不能放过一个吧。"

"朱莉，你还是那么天真。我现在可是宁可放过一千，不能错爱一个。"她冷笑一声。

她的恨意一点都没有释放，在今晚的酒精助力下，更显得尖锐。

"你知道我在私底下做心理微整，我的项目也没有瞒你。如果你真想让自己好过点，想忘了谁，想改变一些记忆什么的，我可以帮你啊。人生短促，何不让自己活得快乐点。这个心理微整怕不是比红玫瑰犯罪组织文明多了？我的生意很多，绝大部分的生意就来自那些伤心人。"

"我没有什么需要改变和删除的记忆。记忆使我成为现在的我，我何必要改变它。来你这里做心理微整的伤心人都是一些懦弱无能的人吧？他们不敢对别人下狠手，就只好对自己的记忆下狠手。这样做有意思吗？"

"你父母和奶奶的房子事情解决了？"我看她说得这么坚决，就不愿再细谈我的心理微整，停顿了一下后，岔开了话题。

"还没呢，妹妹要打官司。说遗嘱不算数，要按正常遗产分配的话，她也应该得到我奶奶的房子的一半。"

"那你准备与她打官司还是私下解决？"

"打啊，当然打。她一直抢我应该得到的。我不是那么好欺负的。"

"哦。她与你父母亲一起生活一定也有许多无奈的。都是命运错误的安排，也不算她故意抢你吧。"

"就算以前她不是故意的，这次可是她主动来抢我应该得到的奶奶的房子。"

我看我也说服不了她。也就不吱声了。

两人沉默地喝了一杯酒。

"走吧，我送你回家。"

"再呆一会再走吧。马洛军今晚十一点会过来。我们第一次约会。现在走还有点早。"

"不是说你不会与他谈恋爱的吗？"

"朱莉，我知道我说过，他文化层次低，我们不是门当户对，以后可能没有共同语言。但是，再想一想，文化低一点又有什么关系呢？我只要一段真实的感情而已。家境，背景，文化程度好的人我见到的多了。我以前一直与自己门当户对的人或者我以为是门当户对的人交住，你看我最后得到了什么。我老了，对后半生充满了悲观。现在，只有真正的纯粹的感情能够救我，让我重燃生活下去的愿望。而高中的恋情是最真的。我想给他一次机会。他离婚了，我也离婚了，我们又是同学，同乡。我就想看看有没有机会重新开始。放心，如果不合适我也不会勉强的。"

话已至此，我也没有话可说了。

又一起喝了一杯。

我又外卖了一瓶酒，才走。

先送舒玫到她的别墅，把酒也给她留了下来。今晚她有既然可能与马洛军会有浪漫一夜，也许需要一点酒来助兴。

回在我的别墅，我在我的阳光房中喝了一点醒酒的果茶，百无聊赖地看了一会头顶的星空。

那个宇宙效区让我着迷。

人这么渺小，渺小得如同一颗微尘，却有一个广大到无边无际的宇宙供我们仰望和思考。

造物主是怎么想的呢？

我以为我会在那里呆到深夜，等身心完全放松，然后上床睡觉。

没想到那个晚上将是我最惊心动魄，最折腾的一晚。

八．他死了

接到舒玫电话的时候，我还未睡下。

"我杀人了！"电话里是舒玫慌乱的声音。

"什么？"

"我混乱中扔了一把刀过去，没想到刚好扎到马洛军颈部，他死了！我现在脑子好乱，我没想要杀死他的！"

"天哪！"

"我要报警吗？"

“等等。你确定他已经死了？”

“死了……真的死的……天哪，我该怎么办？”

“我马上过来。”

我以路上限速牌提示的最高限速无人驾驶来到舒玫的别墅处。

别墅群内的速度限速很低，我也不想超速引起节外生枝。好在，我与她住得近，只化五分钟就到达了她的住处。

在这个深秋的深夜时分，东钱湖别墅区在外面出没的人很少了。

我相信没有人看见我进去了舒玫的别墅。

我看到一把西瓜刀掉落在马洛军身边，脖子破了，大动脉处血流了一地。

他已经死了。

眼睛仍然恐怖的睁着，似乎依然不可相信所发生的一切。

舒玫正处于无措地发抖中。

我让舒玫立即把我们从酒吧外卖的酒全喝了。

把空酒瓶置在茶几处。

又很快把她带回我的别墅。带进我位于地下室的心理微整室。

舒玫本来已然失魂落魄，酒开始起了作用，让她更糊涂了，却也让她更镇定了一些。

我该肯定她到这时才意识到她在我的心理微整室。

"什么都不必说，我会先帮你检查一下当晚发生了什么，然后我们再决定报不报警。"

舒玫还想抗拒。

她不想让我知道当晚发生的事。

"一切听我的，你会没事的。否则迟早你也要供认出今晚发生的事，让我先知道发生了什么对你比较好。"

舒玫在我的注射之下安睡了。

我在她的脑海里调出到当晚发生的记忆片断。

九．暗恋是个黑箱子

马洛军是十一点差五分钟到达舒玫房子的。

门打开的瞬间，他就出现在舒玫当晚的记忆里了。

马洛军手里拿了一束红玫瑰，衣冠整齐。

大概是已经准备好了风流一夜，满面的春风。

人依然是帅的，一点肚子都没起来。

然而见到舒玫的一瞬间，脸一下子愕然了。

犹豫了一下还是把花递给了舒玫。

舒玫把他让进客厅就坐。

客厅的茶几上摆着一瓶鲜花，还有切好的西瓜，水果，坚果和一些茶点。

马洛军一言未发在沙发上坐了半晌，冷冷地说："我不喜欢骗我的人。"

"我怎么骗你了？"

"你为什么要美化你自己的照片？"

"只是美图了一下而已，现在都这样的啊。"

"好，我上当了。算是见光死。当初就应该挑一个二十多岁的下手。纯粹浪费了一把感情。"

"是你主动约我的啊。还说一直暗恋我，为了这一天等了整整十七年。"

"骗你的，全部都不是真的。都是套路。别见怪，我实话实说了。我文化少，但比起王国雄他们，至少真话讲得比他们多。"

"那送的情书也不是真的？路上徘徊也不是真的？长发

一直在你心中飘啊飘的都不是真的？”

“全部是编出来的。女人真可怜。一骗就上钩。上次我用同样的手段骗到的老婆，这次一用又一次性奏效。连一点悬念都没有。”

“你太残忍了！连高中最纯真时候的暗恋这种事都可以编出来骗同学！”

“怪你们自己。有一点容貌的就犯公主病，以为自己是玛丽苏，天鹅肉，自有一大把男人会来众星捧月。容颜失去了也没有一点自知之明，为啥还要美图一下出来骗人？再说，明恋有迹可寻。暗恋就是因为它不为人所知才好操作，最好编，也最容易骗人。”

“你真的从来都没动过心？”舒玫心存最后一丝侥幸。

“高中时，谁都知道王国雄在狂追你，而我那时追你连排队的机会你都不会给我的，谁会把感情浪费在没有希望的女人身上。”

舒玫身子开始发抖。

“难怪王国雄突然在群里不跟我吃醋了，还大方送起祝福起来。论精明，我哪及他的十分之一。妈的，我那时就应该知道这事不对劲了。他一定是见过你了，对不对？你没来群前，他可是天天他妈的无耻地秀他的钱权地位家庭幸福。去年我私下里跟他提起你，他不屑地说男子汉志在四方，岂可为儿女情长坏了大事。还说你虽然是个大美女，照样被他甩，但他倒也不后悔与你谈长达六七年的恋爱，因为这提高了他的爱情筹码，激发起他老婆一定要把他追到手的决心。还说你被他甩了以后，要死要活，还玩自杀，一点儿情商都没有，难怪最后会嫁给了一个外国矮老头。你一来群里，变色龙一样又变成了另外一个人，又开始什么思念啊，喝闷酒，掉眼泪，老婆丑，一套一套的，恶心死我算了……"

就在这时，舒玫抓过身边的西瓜刀猛地朝他掷了过去。

刚好扎在他的脖子上。

"帮……我……叫救护车，我……不告发你……"马洛军一手捂着伤口，一手抓着刀把，刀把掉落，血喷涌而出。

他倒了下去。

舒玫没有叫救护车，也没有报警，而是打了电话给我。

十．失忆

我做了相应的处理。

又把舒玫送回她的别墅，放置在马洛军倒下的长沙发的对面，让她靠在双人沙发的一个角落，如她记忆中甩刀过去时她所在的那个位置。

又把那个空酒瓶移过来放在她面前。

我离开了。

我不担心我留下的指纹。一方面是因为我经常出入于她的住处，另一方面关键的那把切西瓜的刀我未有触及。

我知道她会在十分钟后醒来。

十分钟后，我又接到舒玫慌乱的电话："朱莉，我可能杀人了！马洛军死了，但我一点都不记得发生什么事了！"

"赶快报警！"我说。

那天晚上，我窃夜未眠，听到好些警车的声音从远而近，又从近而远。

第二天下午，才有警方人员来我的别墅拜访。

说是要我配合调查一起杀人案。

舒玫报的警。

舒玫醒来，发现马洛军死了，血流了一地。

在她前面的茶几上，有一个空酒瓶，猜想是自己从酒醉中刚刚醒来。

但她一点都不记得发生了什么事。

只记得当晚十一点，她与马洛军有一个约会。

十一点差五分钟时，她听到门铃，开门见到马洛军拿着一束玫瑰花出现在她的门口。

接下来的记忆就是醒过来后的情形。

警方已经调查清楚，马洛军暗恋着舒玫。

高中群中有好些人都还保留着他们群的聊天记录。

舒玫告诉警方，我知道她关于约会的事。

桌上的酒也正是我们当天在酒吧外卖的。

是我从酒吧送她回的家。

警方已经去酒吧调查过，确定了那酒正是从那个酒吧卖出去的，而且也找到了我们当晚的消费帐单，里面不光有那瓶酒的记录，还有结帐时的时间记录。

酒吧有好几个人对舒玫的印象很深刻，因为她曾向他们询问过红玫瑰组织的事。

警方调查到她曾在十一点十分和十二点零三分给我打过电话。

而马洛军死亡的时间大概在十一点十五分至十一点三十五分之间。

舒玫对于第一个电话已经毫无印象。

警方调查我的重点是第一个才持续二分钟不到的电话里舒玫说了些什么？

看来，没有任何旁证者知道十一点二十分左右和十一点四十五分左右我曾出现在舒玫的别墅。

但我还是暗暗心惊，忘了她第一次给我打的电话也有记录的。

这个电话解释起来本来会很麻烦。

如果那个电话的时间恰好在马洛军死亡的时间段的话，那警方会很重视在舒玫杀人后，她到底与我说了什么。

好在看来马洛军那时没有死亡，而是在我到达舒玫别墅前才死的。

这让我比较容易地避免了把自己陷入到那个杀人案件中。

我说："第一个电话舒玫只是问酒吧什么时候关门。我说，现在还未关门，但等他们到达酒吧时也就已经关门了。而且我说你今晚已经去过酒吧了，怎么会想着还要再去一趟酒吧。"

"她怎么回答？"

"她只是简直地说了一声：快关门了那就算了。"

"有没有听出她当时有杀人的情绪在里面？"

"没有，只是觉得她听上去好象很失望，不愿意与马洛军在别墅里过夜似的，只想去酒吧把时间混混过去。"

如果舒玫打我电话前马上叫救护车是否还来得及把马洛军救回来？我心里不由得暗暗掂量。

但一想，最快的救护车也不可能在五分钟内赶到的。

说明不管当时有没有叫救护车，马洛军都是注定要死亡。

命运啊！那个时候，命运之神是以一分一秒地算计着马洛军的死亡，但他尚不自知。

如果他当时能多那么一点点的教养和修养，能多化一点点的心思多骗舒玫一次，他的命运也不止如此。

可惜，当他觉得不值得时，他连那一点点的心计和欺骗都不愿化费了。

警方又把其它方面我所知晓的详细地询问了一遍。

包括舒玫对马洛军是怎样评价的，舒玫是否有一些个性的缺陷等等。

最后警方礼貌地谢了我。

并问我，如果开庭，是否愿意做证人。

我跟他们说"我将很乐意。"

十一．谢谢

警方找不到舒玫的杀人动机。

猜想是两人交流过程中起了矛盾闹不愉快。

是什么不愉快的原因使得舒玫喝了一整瓶的酒，而马洛军却没有喝酒，最后造成舒玫在酒精和什么刺激下失手把暗恋她的马洛军杀害了？

是什么刺激了她，刺激得如此深以至于造成失忆？

警方说这也许会是一个永远无解的迷。

精神病医生诊断是过激性失忆。

就是人受到很强烈的刺激时，人的本能为了避免自己受到更深的伤害把那一部分记忆给自动屏蔽了。

有点象壁虎断尾以逃离天敌的一种过激性保护反应。

精神病医生说："在很特殊的情况下，也许她的记忆还会回来，她只是屏蔽了那部分的记忆，记忆其实还藏在了一个什么地方。就象一个文件你把它删除了，它其实还会暂存在在垃圾箱中，如果找到哪个垃圾箱，也许还能恢复那个文件。"

舒玫最后被判为过失杀人。

因为她有精神病医生开出的过激性失忆证明，被免于起诉，无罪释放。

马洛军家人的消极反应也是造成舒玫无罪释放的一个原因。

马洛军父母以前是农民，后来在他们家乡一个杭州效区的城镇做米馒头。他们专门化了一年时间从宁波学来做米馒头的技术后，就在自己的家乡街道开了第一家米馒头店，生意彼好。

马洛军自从高中毕业，从来没往家拿回过钱，家人也从来没有管他是怎么生活的。

他参军，开厂，结婚，生子，买房，离婚，都是他自己一个人在折腾。

家里无权无势，根本指望不上，也根本没有余力帮他。

父母早就习惯这个儿子的独立，十八岁以后他的生活早已经与他们无关。

所以这次听警察通知他们儿子死的消息，他母亲也只在当天晚上大哭了一场，喃喃着："小时候那么乖的小黑炭怎么说没就没了？"父亲则坐在店面的街沿上沉默地吸了好几支烟。

然后他们就接受了儿子已经死去的事实。

人死如灯灭，除了接受，他们还能做什么呢？

一哭二闹三上吊是他们这个阶层的人能够使出的所有伎俩，可再怎么哭闹上吊儿子也不会回来了。除了招来些看热闹的大概也起不了什么作用。

何况马洛军活着的时候也很少回家。

米馒头生意繁忙，一天也走不开人，还是托了个熟人把他的骨灰从杭州城里捎回来的。第二天，找一块墓地就埋葬了他。

这就是马洛军短暂而浪费的一生了。

我去接舒玫的那天，又是一个艳阳高照秋高气爽的晴天。

舒玫说："朱莉，虽然我记不得当天晚上到底发生了什么，但我相信那一定是一件很可怕的事。马洛军在我的印象中很好的，一直暗恋我，为什么我会把这样的人杀死？"

"精神病医生说，你得了过激性失忆症，当晚一定发生了很大很刺激到你的事。你也不必自责。每个人的生死都有定数，他一定是到了这个定数。"

"他在我记忆中的最后一个镜头是我开门后他惊愕的脸，他为什么要惊愕？我的脸很可怕吗？"

她努力搜寻着残存的记忆，极力想明白当天晚上发生的事的前因后果。

"没的事。可能是你突然打开门，他吓了一跳。这是人正常的反应啊。"我安慰她。

她似乎准备接受我的这个说法，低头思考了一会。

"另外，不知为什么，这件事后，记忆里总有一个声音提醒我，我要跟你说一声谢谢。"她又说。

"不必谢。我还一直想找机会谢谢你呢。你还记得吗？当年我们一起去研究生院外面的天虹商场买东西，路上我被一个算命的叫住，说我近日有灾。你一把拉走我说，走，别听他胡说。那时，我正在情感挫折中，内心暗无天日。你这么一拉，把我从黑暗中拉了出来。那是我人生的一个转折。"

她的表情很困惑。

我马上明白：她早就忘记了这件事。

但她却说："记得呢。在研究生院发生每一件事，一点一滴都记一辈子。怎么可能忘记。对啊，我们那时研究生院的周围也不知怎么搞的，竟然有那么多的算命先生。"

"既然我曾做过让朱莉需要感谢的事，不如就让她知道我还记得这事吧，好让她一直在心里感恩于我。"

我想舒玫当时的心里是这样想的。

也罢。

这是我欠她的人情，我已经还给她了。

我为她做的事，我也让她对我说了声谢谢。

我觉得一个人帮另一个人做了一件事，说一声谢谢是最基本的礼仪。

这个礼仪任何时候都不能忘记。

即使那人得了失忆症。

当然，要对我说谢谢的记忆说到底是我自己植入到舒玫脑中的。

我觉得，即使她已经对整个杀人事件失忆了，该遵从的最基本的礼仪还是要遵从。

我们互不相欠了。

十二．记忆中不存在的人

一个月后，王国雄来找我。

"你是不是在舒玫的记忆中动了手脚，她现在根本就不记得有我这个人的存在了。"

"也许她是假装的，也许她是真的忘记你了，无论是哪种情况，说明你这个人已经在她心中没有一点位置了。"

"我不相信。她情商没那么高，不可能假装得这么好。也不可能突然彻底把我忘记了。我是她的初恋啊。"

"你想说明什么？"

"我觉得你在她的记忆中动了手脚让她逃避了这次杀人案的惩罚，又把我的记忆在她脑海中给删除了。你不是搞记忆存储的嘛。"

"你是想勒索我？想想吧，死在她手下的那个人也许本来应该是你。你应该为你自己还活在这个世界上庆幸。你自己知道你曾对她做过什么？"

"我对她做了什么？不过是谈过一场不成功的恋爱而已，这也成了死罪了？要是这也是死罪，全世界至少有一半的男子都得死罪。"

"你以为法律放过你，你就不会受惩罚。看看你自己吧，变得象一头猪一样。是不是舒玫现在对看上去象一头猪的陌生的你表现得很厌恶让你自尊心受不了？你这一辈子只爱过自己，你觉得这样活得很值吗？现在钱权地位都到手了，你的后辈子除了混吃等死还剩什么？一个正常的女人是不愿意让人知道自己的生命中曾经存在过象你这么一条卑鄙的生命的。"

"我真不相信这种粗鲁污辱人的话是出自一个科学家的口中。你们女的天天把爱情挂在嘴上，就象你们真的得到过似的。你得到过吗？爱情不过就是一个鬼，有谁见过？我这辈子确实是只爱自己，因为我觉得自己比什么爱情爱人亲人都来得可靠。钱权地位都比女人来得可靠。我混吃等死？你难道不是吗？我卑鄙？你不见得比我高尚多少！"他恼羞成怒。

我竟然无言以对。

"我要去告发你，我相信是你在舒玫杀人案里面动了手脚，让她逃脱了法律的制裁！"

"去告发吧。不过，法律只重证据。诬告是有法律责任法律后果的。"

这是我最后一次见到王国雄。

也许还不是最后一次。

因为很快，我收到了法院传单，他真的把我告到了法庭。

有时候，我真的不能相信法庭能主持正义，因为法庭往往会被王国雄这类人利用。而且里面的腐败与勾结如果曝光出来肯定不是爽心悦目，而是耸人听闻的。

在以后漫长的诉讼期中，说不定会有一天，我还会与王国雄在法庭上再见面。

不过，我有信心打赢这场官司。

我没有留下痕迹，我把舒玫关于杀人和关于王国雄的记忆都彻底删除了，而不是象我的心理微整项目把记忆存储起来。

失去的永远不可能重新装回来。

如果你把垃圾箱都彻底毁灭了，还怎么可能在垃圾箱中找到掉在那儿的文件。

王国雄的记忆本来与这个案件关系不大，但我觉得没有他这个人的存在，舒玫后半辈子会过得更好。

王国雄这个人将永远在舒玫心中不复存在。

可讽刺的是，王国雄本人却一点都不损失什么，他照样活得好好的。

更讽刺的是，我与舒玫以前还感概这样的人竟然得不到法律的惩罚，而现在他不但不受法律的惩罚，反而成为原告，而我却成了他的被告。

但自从他把我告上法庭之后，多了很多莫名其妙的人来找我。

有家人犯了死罪的，有自己犯了各种罪行的。

无非是想寻求我的帮助，让他们有机会逃脱惩罚。

特别是一些贪官污吏，有时报酬出得高到让我都有点不忍心拒绝的程度。

也许他们从这个诉讼案中闻到了什么。

病急乱投医。说的就是他们这些人吧。

那些莫名其妙的人见多了，我错觉自己已不在人间。

有哥哥因父亲偏宠弟弟，捅死父亲。

有常青藤大学毕业的博士因为老公要与她离婚，把老公杀了。

有六岁女儿被闷死，只因继母认为丈夫太过关心女儿。

有因同窗学业优秀，一学生用铊要了同窗性命。

有器官捐赠者遭遇车祸不被医生好好抢救，只为得到车祸者的器官。

有学生时代被同学欺负，长大后报复社会。

有儿时家贫，当官后成为巨贪。

……

与那些人比起来，舒玫，王国雄，马洛军，舒薇及我自己的故事都只是沧海一粟。

他人即地狱。

我们都生活在这样或那样的他人地狱中。

可当我翻看《大方广圆觉修多罗了义经》，只见《大方广圆觉修多罗了义经》上赫然写着：

众生国土，同一法性。地狱天宫，皆为净土。

谨以此书献给为我操劳半生，培养我抚育我的父母，献给支持我写作的丈夫和我深爱的女儿。

献给所有偏爱我的亲人和朋友们。献给在我的写作路上给予诸多指导和帮助的老师们。